河出文庫

こんがり、パン

おいしい文藝

津村記久子　穂村弘　ほか

JN072357

kawade bunko

河出書房新社

こんがり、パン

もくじ

こんがり、パン

パン・アンド・ミー

津村記久子

ごちそうといえば炭水化物だ。肉肉肉とか砂糖脂肪砂糖脂肪と唱えていた二十代はなんだったのだろうか、と懐かしむほど、今は炭水化物だ。友人もそうらしい。魅惑的な四大炭水化物含有食品は、じゃがいも、うどん、ごはん、パンだ。特にじゃがいもは、時々、じゃがいもいいなじゃがいも、という話題だけで三十分ぐらい平気で過ぎてしまうほど素晴らしい。アメリカンレストランにやたら行くのは、ステーキやハンバーガーを食べるためではない。付け合わせだったり、サイドメニューだったりするマッシュポテトを食べるためだ。気が付くとマッシュポテトのことを考えている。わたしの頭の中を部屋に例えるとしたら、マッシュポテトの写真のポスターを貼って、マッシュポテトのイラストが印刷されたTシャツを着て、日がな一日過ごしている状態だろう。

とはいえ、炭水化物ばかり食べているわけにもいかない。口当たりがあっさりしているから食べ過ぎてしまうし、それでは太ってゆくばかりだ。わたしも友人も、体の代謝は下がってきている。マッシュポテトは、行くべきところに行かないとそれなりのものが食べられないので、まだいいのだった。問題はパンだ。何が問題って、そこらじゅうで気軽に買えることだ。そして、他のものに比べて軽いわりに、カロリーが高い。パン自体のカロリーもあるのだが、つけるもの、のせるもの、中に入っているものが侮れない。「パンにバターをつけて食べるだけで幸せー」などとわたしはよく言うが、「だけで」というほどバターは控え目な脂肪ではない。すごく一人前な脂肪だ。そして軽さ故に、常に食べ過ぎてしまう。そういうわけで、わたしと友人は、パンは主食ではなく、ハレの日に食べる特別のものであると見做《みな》している。

しかし、炭水化物の話をする友人から来るメールのうちの約三割は、「もう食べないと誓ったのに、またパンを食べてしまった」という懺悔《ざんげ》なのだった。パンとは距離を置くと約束したのに。まさにパン・ド・ミーである。もっともらしく言ってみたが、自分でも何のことかわからず書いている。街中でよく見かけるこの言葉を、パンで苦悩している感じの語感だな、とずっと思っているだけで、意味を調べたことはなかったのだった。おそらく、わたしがイメージしている、パン・アンド・ミーというニュアンスの意味ではあるまい、と思いつつ、検索してみた。

やはり違った。諸説があるようで、フランスで作られたイギリス風の山形パンである、という意味と、それはそれで正しいのだが、日本でいうパン・ド・ミーは、小麦粉の一部を熱湯で捏《こ》ねたパンなのだ、という主張を見つけた。ミー、とは、フランス語でパンの種を意味するらしい。調べている間、山形パンの画像を何枚も見て、だんだん苦痛になってきた。パン・ド・ミーである。パンいいなあいいよなあパン、という思いで頭がいっぱいになる。

去年、小麦粉が値上がりした時、世の中のパン供給の先細りを危惧したわたしは、毎日の退社後、知る限りのパン食べ放題に一人で行き、「パンうまー」と友人に十分に一回メールを送っていた。あの時は幸せだったなあ、と思い返す。もうパンのことしか考えられない。今日懺悔するのはわたしのほうなのだろうか。

結果的ハチミツパン

穂村弘

夜中にお腹が空いて目が覚める。

半分以上眠ったまま、むくっと起き上がり、ふわふわとキッチンに漂ってゆく。

冷蔵庫の引き出しをあける。食パンを一斤発見。

その場でばりばりと封を開けて、一枚を抜き取り口にくわえる。ビニールのぱっくり口を開けた方を下にして、ひっくり返す。「封」のつもりだ。

冷蔵庫を閉めようとしたとき、奥の方にハチミツの瓶を発見。うおっ、と思って引っ張り出す。

食パンを口にくわえて、ハチミツの瓶をひんやり腹に抱いたまま、暗闇のなかで、かちゃかちゃと食器棚をあさる。

スプーン、スプーン、と思いながら、手に触れたものを順々にひっぱりだす。フォーク、ナイフ、フォーク、フォーク、フォーク、栓抜き、ナイフ。スプーンがない。スプーンがないよう。スプーンのない家？

口にくわえた食パンが唾液でへろへろしてきたため、スプーンはあきらめて、果物ナイフを一本持ってベッドに戻る。

ベッドに腰掛けて、食パンにハチミツを塗ろうとする。明るくすると完全に目が覚めてしまうので電気はつけない。眠りながらハチミツパンを食べるのが幸福なのだ。だが、うまく塗れない。果物ナイフで冷たい食パンに冷たいハチミツを塗るのは、とても難しい。机のライトを点《つ》けてハチミツを溶かそうか、と一瞬思う。でも、眩しくなる。眩しいのは嫌だ。私は普通にハチミツパンを作ることをあきらめる。

その代わりに、冷たいハチミツを水飴のようにナイフに絡めて、のーっと持ち上げる。それを前歯で、あんぐっと嚙み千切り、すかさず食パンを口に押し込む。口のなかで両者を混ぜることによって、結果的にハチミツパンを作製するのだ。

ハチミツを嚙み切って、あわててパンを食い、口のなかで混ぜる、ことを繰り返す。ハチミツと食パンの量のバランスが難しい。最後の一口はベッドにもぐって目をつむったまま、もぐもぐと口を動かして味わう。一瞬の幸福。

手がべたべたしてきたので、懸命に嘗《な》める。でも舌にもハチミツが残っているらしく、嘗めても嘗めてもべたべたがとれない。やむなく目を閉じたまま机の辺りをかき回して、最初に手に触れた紙で拭《ふ》く。それがゲラや資料でないことを願う。

気がつくと、なんだか、首がべたべたしている。手のべたべたはわかる、ナイフやパンを摑んだから。でも何故、首が。首では何にも摑んでないのに。べたべた、首、何故、と苦しく思いながら、そのまま眠ろうとする。眠ってしまえば、何もわからなくなる。

懸命に眠りの世界に逃げ込みながら、今夜のハチミツパンは、最高のハチミツパンから数えて何番目くらいだろう、と思う。

トーストされた食パン。柔らかいハチミツ。塗りやすいスプーン。手がべたべたにならないように置かれたナプキン。温かい紅茶の湯気。恋人の笑顔。最高のハチミツパン。

ぼくのハチミツパンは、最低から数えた方がはやいかもしれないな。

本当はわかってるんだ。

食パンをひっくり返しただけじゃ、「封」にはならないってこと。

でも、ちゃんと「封」をするのはめんどくさい。

風呂からあがって体を拭くのもめんどくさい。

濡れた体で移動するので廊下がだっちだっちになる。濡れた手で触った本がしなしなになる。

目先の欲望に簡単に負けるから、結果的に後からつけを払うことになるのだ。べたべたの指をぺろぺろ嘗めて、でも、きれいにならなくて、ゲラで拭くなんて、動物か。

島崎藤村は決してそんなことしないだろう。

俺はエレガントじゃないな、と思う。

俺はエレガントじゃない。

残念だ。

毎朝やってるのに、私が改札に定期券を通す動きは無様である。

エレガントなひとは、初めての動作をするときもエレガントだ。

エレガントな友だちができると嬉しくて、仕草を真似ようとするが、うまくいかない。どこから真似ていいのか、わからないのだ。

エレガントな友だちに、夜中のハチミツパンのことを訊いてみる。

え、でも、歯を磨いたあとはものを食べないから、という答。

レベルがちがいすぎる。

うっかり八兵衛が風車の弥七になれないように、エレガントでないものは一生エレガントの世界にはいけないのか。

目の前のひとは、ひっくり返す「封」や机のライトで溶かすハチミツや首の謎のべたべたやそこから眠って逃げることを、全然知らないのだ。

不思議だ。

じっと顔をみてしまう。

フレンチトースト

江國香織

幸福そのものだ、と思う食べ物に、フレンチトーストがある。ミルクと卵にひたしたパンを、バターをとかしたフライパンで焦げバター色に焼き、焼きたてに砂糖をふって食べる。熱くて、ふわっとしていて、ところどころ香ばしく、心から甘い。ホテルなどでだすそれは、砂糖ではなく蜜《みつ》が添えてある。砂糖のも蜜のもおいしい。フレンチトーストを食べると思いだす恋がある。私はその恋に、それはそれは夢中だった。それはそれは日々愉《たの》しく、それはそれは羽目を外した。

そのころ、私たちはよく朝食にフレンチトーストを食べた。ただでさえ甘いフレンチトーストを、その男は小さく切って、新たにすこしバターをのせ、蜜でびしょびしょにしてフォークでさして、差しだすのだった。幸福で殴り倒すような振舞い。私はそれを、そう呼んだ。

はじめてのフレンチトーストは、父がつくった。母が風邪《かぜ》で寝込んだときだ。父のそれは、口の中も口のまわりも、白くじゃりじゃりになるほどに砂糖がたくさん使ってあった。三つか四つだった私はそのおいしさに感動し、父が台所に立つという異常事態の興奮も手伝って、きれいに食べた。気をよくした父は、そのあとも何度か、日曜日の朝などにそれをつくってくれた。つくる前に必ず、

「特別だぞ」

と、言って。

アメリカの田舎町《いなかまち》で学生をしていたころ、仲のいい友人たちと、ときどきファミリーレストランで朝ごはんを食べた。そういう場所のフレンチトーストにはベーコンやソーセージが添えてあり、私は、フレンチトーストにそんなものはいらない、と思った。でも、あれはあれで、懐かしい。

フレンチトーストが幸福なのは、それが朝食のための食べ物であり、朝食を共にするほど親しい、大切な人としか食べないものだから、なのだろう。

パンの時間

阿川佐和子

先日、フランスのニースへ行き、夫婦の経営する小さな民宿に泊まったら、朝食に見慣れぬフランスパンが供された。フィッセルと呼ばれるそのパンは、バタールよりずっと細身で短く、長さは三十センチぐらいで両先がやや尖《とが》っている。それをまるでアジを開くときの要領で横からナイフを入れて二等分し、出《い》でましたるなかの白くふかふかした部分に蜂蜜やジャムを塗り、特大カップのカフェオレとともに食したときのおいしいことといったら、驚くべき味であった。

フランスのパンがおいしいことは、私なんぞが改めて申し上げることもなく有名な話だが、このフィッセルなる名のパンは、同国のクロワッサンともバタールとも、はたまたシナモンロールなどの菓子パンとも違う、軽やかで洒落《しゃれ》た味わいに満ちていた。なにしろまず皮がパリパリッとしていながら堅すぎず、なかはホンワカしっとりやわらかい。こんな細長いパンをどうやってこんなにやわらかく焼き上げることができるのかと不思議に思うほどだ。

宿のご主人に伺ったところ、このフィッセルは朝食専用のパンで、毎朝のジョギングの帰りに買ってこられるそうである。うーん、こういう焼きたてのパンが日本でも手軽に毎朝、手に入れられたら、朝食がさぞや楽しくなるだろうなあ。

もっとも正直なことを言うと私は朝、パンを食べるより、夜、食すパンのほうが好きなのである。夜、おいしいワインとおいしいパンとおいしいバターがあったら、それだけで他にはもう何もいらないと思う瞬間がある。

それはあくまで瞬間であり、そののちメニューを覗いて魅力的な前菜や肉料理の名を目にしたとたん、やはりパンだけで済ませられないと思ってしまうところが私の卑しさであるけれど、おいしいパンに出合ったときの感動には、おいしい料理に舌鼓《したつづみ》を打つときとはまた違う、別格の喜びがある。

家でもときどき、夜にパンを食べる。といっても主食としてではなく、いわば食前のおつまみとしてである。それもフランスパンとはかぎらない。薄く切ったトーストに、ウニを塗ったりキュウリとマヨネーズを載せたり、あるいはジャムや蜂蜜をつけるときもある。「なにやってんの？　まるで朝ご飯みたい」とからかわれてもかまわない。朝ご飯のようなパンを、夜食べるところに意義があるのだ。この意外性がおいしい感動を呼ぶというものである。

東京、日比谷の帝国ホテルの駐車場に車を停《と》め、本館のほうに歩いていく途中、いつもパンの匂いがした。ホテルの厨房で焼いているパンの香りが換気口を伝って駐車場近くの排気口から漏れてくるのだろう。そのたびに、ああ、いい匂いだとしばし足を止め、目を閉じる。

パンを焼く香りは人の心を温かくするものだとつくづく思う。ところがその匂いが最近、駐車場近辺でしなくなった。換気の造りが変わったのだろうか。それともたまたま焼いている時間に出くわさなくなっただけか。今度、あの駐車場に行ったら、もう一度、確かめてみようと思っている。

蛮喰

辰野隆

私の食事の思い出を辿ると、少青年期はすこぶる健啖だった。壮年期は人なみだった。老年期に及んで、ようやく量が減って、七十三歳の此頃では全く老人なみに衰えたようである。数年前から米をパンに代えてから、米の飯は一週間に一度か二度、量にしても一合か一合半ぐらいだろう。では、米の飯が不味《まず》いのかと云うと、不味いどころか、非常に旨いのだ。今でも、牛飯や天どんや鰻どんは大好物だから、稀に食うが、容器が大きすぎる。半分ぐらいが適量なのである。※1鼎肩《ていけん》を辞せぬ壮士を羨むわけでもなく、※2櫪《れき》に伏す老驥《ろうき》を悲しむわけでもない。量は歳とともに減ったが、もの心がついてから今日まで、いまだかつて三度三度の食事が不味いと思った例《ためし》がない。よほど、健康に恵まれているのだろう。

＊

由来、喰べものに好き嫌いはなかったが、どちらかと云えば、青壮年期には肉食党だった。老年期に及んでは、肉食を嫌いはしないが、菜食をむしろえらぶ方に傾いて来た。朝はパン二片（昔流に云えば四半斤）。バター、チーズ、鮭か鱒の燻製の薄切数片と、カッフェ——これは、カッフェ一合にミルク五勺を加えるから——、人並以上の分量である。午《ひる》は、同じくパン二片、ゆで玉子一つ、野菜、肉、あるいは魚、いずれも少量。あるいはトマト一個、リンゴあるいは季節の果実一個ですまし、大形カップに水わりウィスキかシードル。夕も、パン食は朝、午に同じ、肉、魚、野菜の相当量、ことにレータスのサラードが好きだ。酒なら一合入りのカップに一ぱい。ビールなら小びん一本。これが一年中ほとんど変らぬムニュである。

＊

間食には特別な好みはない。純日本式の上等な菓子には何の執着もない。駄菓子か、さもなくば、上等の洋菓子をえらぶ。ババ・オ・ロム、バヴァロア、シュー・ア・ラ・クレームその他。時に、プチ・フール二つ三つ欲しくなることもある。

*

先ごろ、ゆきつけのゴルフ・リンクで、一巡してから、食堂で豚カツを注文したら、所謂《いわゆる》豚カツではなく、豚肉のエスカロープだった。豚カツにブラウン・ソースをたっぷりかけたもので、犢《こうし》のエスカロープには及ばぬが、なかなか旨かった。ただ、残念なことに、ブラウン・ソースに少し砂糖が加わっているので、食卓係りに、何故、甘くするのか、と文句をつけたら、砂糖なんか使いたくはないが、お客様のお好みなので、と苦笑していた。どうも戦後の洋食にはヤンキー味が必要以上に加えられているのが心外である。

*

私だけの好みとしては、サラードに果実を混ぜるのはやめてもらいたい。りんごがしばしば加えられているが、それも願い下げである。かつて、サラードに缶詰の蜜柑が混ぜてあったのには驚いた。サラードを飛び超えて直ちにカッフェに突入した。

*

日本の洋食通は昔から英米風の料理に知らず識らずの間に馴らされてしまったので、

パンに関してはほとんど無頓着である。英米人はフランス人やオーストリア人に比して、パンについては意外に鈍感である、その鈍感ぶりまでを日本の洋食通が相続しているようである。近年、東京で旨いパンはケテルスの灰色パン――パワン（百姓パン）――とも呼ばれている。それから木村屋のプチ・パン。古くから今日まで相変らず、飽きないのが関口台町のパン屋のフランスパンである。

※1　中国の歴史書『史記』のエピソードより。彘肩とは、豚の生の肩肉のこと。
※2　櫪は、馬小屋、老驥は年老いた駿馬のこと。

粥とパンとの毎朝

草野心平

私は毎朝ひとりぼっちで朝食をとる。食べるのも独り、そしてつくるのも独りである。例外としては月のうち二、三回は独りでないときもあるが、先ず毎朝といっていい程、独りでつくって独りで食べる。

以前は粥もパンも、あまり好きではなかったが、近頃は普通の白飯は胃に重たく、特に朝は食欲もかぼそく、お粥かパンをとることに決まってしまったかのようだ。独りで食べるのだから面倒なのはいやで、出来るだけ手数のかからない方法をとっている。それはパンにしても粥にしても同じことだ。といって毎朝同じものもいやなので、手数のかからないことを尺度にして、少しずつちがった粥を考える。

粥作りの米の定量はコーヒーカップに半分と大体きまった。といだ米を土鍋に入れ、火をつけるとき昆布を入れる。煮立ったら、その土鍋をパアフェクションの上にのっける。それだけである。あとはときどき水をさしてごく柔かくなるまで煮る。この一番簡単な粥のおかずは、これも簡単なゴマ塩と梅干が主体で、あとは香港渡来の腐乳とかラプチョン（中国式ソーセージ）。それと自家製の漬けもの類、そして時には四川菜といった具合。梅干の粥、海苔の粥、茶粥などもつくるが、そうした淡泊なものばかりでは、たよりないと胃袋が感じたときには雑々の粥をつくる。土鍋と米の分量と昆布とは同じことだが、その他に鱈の切り身を一つ分細かく切り、葱、大根の千本切り、人参、南京豆（バターピーナッツでも結構）などを入れる。椎茸とかスルメなどもいい。また「雑々」をつくるにしても前の晩の鶏のガラの残り汁とかタンの残り汁などで煮る場合もある。私が買い出しにゆく所沢ではタンはレバアよりも、普通の豚や牛のこま切れよりも安い。買ってきたタンを一本、三つ位に切って水をたっぷり入れて煮る。煮あがったら、食べいい位に薄く切って、醬油と酒と味醂と塩と調味料とを混ぜた濃い汁に漬ける。せっかちに食べるとすればその晩のウイスキーの肴にも、翌る朝のパン食のつまみにもなる。そしてこの単純スープは犬のゴハンにかけてやったり、更にその残りは翌る朝の粥たき用につかったりする。

切り身は鱈に限るわけではない。白身の魚ならなんでもよい（赤身はどうも粥にはあんまりあわないようだ）。魚でなくて鶏のささみでもいいし、豚のコマ切れでもかまわない（けれども豚の場合だと味噌をいくらか入れた方がよさそうである）。

いま私の菜園には霜にやけてしょんぼりしているパセリーと九州渡来のワケギがあるが、土鍋からジカにチリレンゲですくう前に、微塵にきざんだそれらをちょっぴりふりかける。新鮮な香りがツーンとくる。なんとなく一日のはじまりの感じがする、といった仕掛けである。

粥も毎朝だとアキがくるので三日に一度はパン食にする。そしてパンの種類もかえたりする。もともとパンはあまり好きでなかったせいもあり、私のパン食は和洋折衷の出鱈目である。でもさすがにパンのときは日本茶はのまない。私は年に一度もコーヒーをのまなくても平気だし、喫茶店などでのつきあいでも、トマトジュースかパインジュースなどにきまっていた。ところがパン食ということになるとコーヒーとかココアとか紅茶とかになってしまう。とりあわせとは不思議なものである。パンとコーヒー、成る程と思う。けれどもパンにつけるものが、バターやチーズ、ジャム、マーマレード、またはレバアペースト、ピーナツバターだけだとなると心もとない。これもアグラをかいたまま、火をちいさくしたパアフェクションの上でパンをこがし、バターだけで先ず食べる。と、次には和洋折衷が欲しくなる。例えばバターの上に海苔のつくだにとか、レバアペーストの上に納豆だとか、チーズの上に鱈の子だとかいったたぐい、その上生野菜が欲しくなる。立ったり坐ったりはいやだから、先ず最初に一本のキュウリの四分の一とか小さな玉葱の四分の一とかなどをきざんでおく。外のものは只ズラリと並べておけばいいので、そう動かずに私のままごとははじまりそして終る。ままごとといえばカンパンである。色んなパンを食べるけれど、一番よく食べるのはカンパンで、あれなら焼かなくてもいいし、味も私は好きだ。あのちっちゃな奴を歯をあてて半分に割り、その上にたっぷりもる。それもそう沢山食べるわけでもないから、ままごとといっても、いくらかは真実味がありそうに思える。

バターは小岩井農場産のが、私はあのガラスビンも好きだし味も日本のでは一番いいようなので愛用している。けれどもチーズになると、歴史が浅いせいか、ヨーロッパものに比べるとグンとおちる気がする。アルコール臭い下関のウニと東北産のツブウニのちがい程ちがう。というと私の舌も満更ではなさそうにきこえそうだが、バターの上にウニをのっけて食うといったら、舌足らずの邪道だと食通達には笑われるかもしれない。笑われても仕方がないし構わない。食べものは自分が食べて食べものになるのだから。そして当分は私の和洋折衷は続くだろう。

朝食にパン！

山口瞳

一月七日、土曜日、朝の八時半。僕は家の食事室で朝食を認《したた》めていた。

僕の一日は牛乳を飲むことからはじまる。それが、だいたい八時頃。牛乳を飲みながら朝刊を読む。そうすると、いくらか頭がハッキリしてくる。牛乳を飲み終ったころ、女房が野菜ジュースを持ってくる。なぜ、いきなり牛乳を飲むかというと、何も腹に入れないで煙草を吸うと体に悪いと聞いたからである。ところが、いきなり牛乳を飲むと腹の中で固形化してしまって、それも体に悪いと言う人がいる。そこで、ビスケットを二、三枚食べることがある。牛乳を飲み野菜ジュースを飲み終ったあたりで、女房が、半地下の食事室から、

「もう、いいわよ」

と叫ぶことになる。隠れんぼをしているのではない。パンが焼きあがったと言って

いるのである。ここまでに煙草を五本か六本吸っている（これが悪い）。

かくして、一月七日、土曜日、八時半、僕は朝飯を喰っていた。僕の最近の運勢にこんなのがあった。「日長く子供のように漫然と日送る　発奮せよ外出は駄目」。これは東京新聞の運勢欄にあったもので、占師は松雲庵主《あんじゅ》となっている。この人は名古屋のほうの坊さんだと聞いたことがあるが、実によく当るので拳々服膺《けんけんふくよう》している。この運勢は一月七日のものではないが、僕の日常生活を言い得て妙だと思っている。子供のように漫然とというのが巧い。その通りだ。僕は懶《なま》け者であって、実にどうも何もしない。日向《ひなた》ぼっこをしたり昼寝をしたりしているうちに一日が終ってしまう。何もしないのは気が咎《とが》めるので散歩にでも出ようかと思っていると、外出は駄目とくる。発奮せよは仕事せよだろうが、仕事なんてものはやらない。

このように日が過ぎてゆくのであるが、僕の日常に波風を起こし、ある日、突如として引っ攫《つあら》ってゆくのがスバル君である。温泉へ行こうと言う。実際は何カ月か前に打ちあわせをして、どこへ行こう、乗物はこれこれ、日時はしかじかとなっているのであるが、僕の日常からするならば攫《さら》われるという感覚でもって受けとめられることになる。

この日、僕は福島県熱塩温泉へ行くことになっていた。スバル君が提案した何案かのうち、僕は、漫然と熱塩を採択した。山の中へ行ってみたいと思ったのである。前回は松江の皆美館で御馳走づくしだったので、自然に何もない山の中を選ぶという心境にあった。御馳走が続くと体に悪い。

「熱塩で圧勝です。これ正解です」

何のことかわからないが、土地の人が熱塩をアッショウと発音することが後になってわかった。

かくして一月七日の朝をむかえた。僕の朝食はパンとコーヒー。

パンにバターを塗り、ナチュラル・チーズをなすりつけ、マーマレードをちょこんとのせる。総イレ歯だから、パンを細かく千切《ちぎ》って食べる。イレ歯というのは奥歯で嚙む。従って、固いものでも食べられるが、小さくしないといけない。大きいものは食べられないのである（一例＝アワビのステーキなどは不可）。

「おい、このパン、うまいな。どこで買った？」

「サンジェルマンです」

「当分、これにしてくれ」

そのパンは実に美味だった。焼きあがりもいい。狐色でカリカリするというのではなく、カリカリの直前で、香ばしいが固くない。

「うまいよ、このパン」

バターとチーズをたっぷりと塗り、マーマレードをのせ、少し大き過ぎると思ったので二つに折って奥歯のほうへ放り込むようにした。

「このパンは……」

そう言ったとき、口中でパンッ！　という乾いた音がした。東京の赤坂では、原因不明の大音響が問題になっている。ジェット機の爆発音だか地下鉄工事だか、いまだに解決していない。そんな大音響ではないが、原因不明という意味では同じである。僕は、かまわずにパンを嚙み続けた。

「あ、いけね」

僕にある種の予感があった。半年前にイレ歯が割れたのである。……そのうちに、口中でパンを嚙むのでなく、骨を嚙んでいる感じになった。口中がぐちゃぐちゃになった。

「困ったな」

はたして、イレ歯は中心部から真二つに割れていた。前回は、歯医者がすぐに直してくれた。今後どういう注意をすればいいかと歯医者に訊くと、注意しなくていい、かまわずに嚙め、イレ歯は割れるもんですと言われた。僕のイレ歯はプラスチック製であるが、プラスチックにも疲労が溜るのだそうだ。疲労が蓄積して割れるのだから不可抗力であるそうだ。だから、僕は、かまわずに嚙んでいたら、こんなことになった。

そのとき、スバル君があらわれた。

「どうしたんです」

かくかくしかじか。スバル君が蒼くなった。いや、それ以前に、僕の顔面も蒼白になっていたはずである。

「いや、いいですよ。時間を遅らせましょう。先生の歯医者さんは東京駅の近くでしょう。治療を受けているあいだに、東京駅で切符を変更してもらいます。遅らせても列車はあるはずです」

俊敏なるスバル君は、もう時刻表の頁を気忙しく繰っている。僕は歯医者へ電話すべく、住所録を取りに立った。

「ああ、駄目だ。いけない。今日は土曜日だ。開業していない」

週休二日制の歯医者である。

僕のかかりつけの歯医者は名医である。イレ歯の権威である。だから、イレ歯は薄く軽く出来ている。ピッタリと吸いつくように出来ている。他の歯医者へ行く気がしない。

僕の歯医者の患者の一人に、亡くなった総理大臣の佐藤栄作がいた。思いだしていただきたい、晩年の佐藤栄作の写真は笑ってばかりいたじゃないか。特に沖縄返還以後は大笑いが続いた。あれは笑っていたのじゃなくてイレ歯を自慢していたのである。

そのくらいの名医であるが、東京の下町でひっそりと営業している町医者であるにすぎない。こういう人の自宅へ押しかけて静養の邪魔をするわけにはいかないのである。

「じゃあ、こうしましょう。大宮から新幹線で郡山へ行きます。在来線に乗り換えて喜多方へ出ます。喜多方から日中《につちゆう》線で熱塩へ行くんですが、その間、二時間の待ちあわせになります。喜多方で歯医者へ行きましょう」

「喜多方に歯医者があるかね」

「歯医者ぐらいあるでしょう。喜多方市ですから。割れたのをひっつけるぐらいできるはずです」

そんなことがあって、こわれたイレ歯を小箱にいれて、九時に家を出た。

僕、家にいるとテレビばかり見ているから、目がいかれてしまっている。イレ歯がないから満足に口がきけない。耳も遠くなっている。だから、こんどの旅、見ざる言わざる聞かざるでいこうと思った。実を言うと、東北の漬物をバリバリ食べるのを楽しみにしていたのであるが……。

アンパンとゴルフ

源氏鶏太

昔は、よくアンパンを食べたような気がする。特別にうまかった、と思ったこともない。ところが、近頃になって、私は、ときどきアンパンを食べるようになった。そして、アンパンの素朴なうまさを再認識している。私が、ふたたびアンパンを食べるようになったのは、ゴルフを始めたからである。

私は、昨年の夏頃から目白台のアパートの一室を仕事部屋として借りている。尤《もっと》も、実際にそこへ行って仕事をするのは、月に一週間ぐらいで、あとは空けたままになっている。そのアパートには、勿論、炊事の設備はしてある。しかし、私は、そういうことを非常に面倒臭がる性分で、食事は、地下一階の日比谷グリル経営の食堂を利用している。朝は、その食堂まで降りて行き、夜は、自分の部屋へ運んで貰《もら》う。が、そういうところの料理には、独特のにおいと味があって、三日も続けると、もううんざりしてしまう。朝（といっても昼食を兼ねているのだが）は、何《な》んとか我慢出来ていても、いちばん愉しみの筈《はず》の夕食のときには、何を食べたらいいのだろうかと、頭を悩ませられる。私は、こういうことからも、いつまでも飽きぬ家庭料理というものを有りがたく思うようになった。

ゴルフに出かけるのは、たいてい、早朝からである。その時分には、まだ食堂が開いていない。で、私は、仕方なしに、一階の売店に売っているアンパンを前の日のうちに買っておくようになった。

先にも書いたように、私は、炊事一切が大嫌いである。自分で紅茶を淹《い》れるのも面倒臭い。だから、水で、アンパンを食べるのである。およそ、味気ないが、しかし、これからゴルフに行けるのだという愉しみで、その味気なさも帳消しにされる。それに、アンパンは一晩ぐらいでは、そう固くならないし、結構、うまいし、二つも食べれば、お腹もふくれてくる。

そのあと、自動車でゴルフ場まで出かけるのだが、その車中でのおよそ一時間半は、たいてい前の晩、四時間ぐらいしか寝ていないので、うつらうつらしている。ゴルフ場に着くと、コーヒー一杯を飲んで、コースへ飛び出す。

ゴルフ場のコーヒーでうまいと思うのは、あんまりない。が、茅ケ崎のスリー・ハンドレッド・クラブのコーヒーだけは、実にうまい。ここの食堂は豪華版で、一流のホテルのような感じがする。

　私は、近頃、相模カントリー・クラブに出かけることが多いのだが、ここの六番のショート・コースの前に売店があって、そこにアンパンを売っているのである。そこへ着くのは、たいてい、午前十一時頃である。朝食は、早朝にとっているので、適当にお腹が空いている。そこで、つい、アンパンに手が出ることになる。ここのアンパンは、当日製の物であるし、皮もやわらかいし、アンは、つぶしアンなのである。一個十五円だと思うが、世の中に、こんなに安くて、うまくて、しかも、量の多い物はめったにないだろう、と思う。上にばらまかれた白ゴマの舌ざわりも、昔を思い出させてくれる。だから、私たちの仲間は、たいてい、このアンパンを食べる。中には、午後もう一度、ここへまわってくるときのために、

「一袋だけ、午後まで、残しておいて」

　と、いう人さえある。

　普通、キャディには、チョコレートをやることが多いのだが、アンパンをやると、案外、喜ばれることがある。彼女たちは、若いし、重いバッグをかついで歩くので、どうしてもお腹が空くのであろう。私の知っているゴルフ場で、アンパンを売っているのは、この相模だけである。だからというわけでもないが、私は、相模へ行くのは好きだし、もっと他のゴルフ場でも、アンパンを売るようにして貰いたい、と思って

いる。

一年ほど前、私は、府中ゴルフ場へ行った。昼食のとき、講談社の社長野間省一さんといっしょになった。野間さんは、

「おさしみごはん」

と、注文された。

私は、びっくりして、野間さんのお顔を見たほどであった。何故なら、野間さんくらいになると、毎晩のように宴会があるに違いない。そして、日本料理には、おさしみはつきものなのである。だから、おさしみなんかには飽き飽きしていられるだろう、と思っていた。で、野間さんにそのことをいってみると、

「たしかに、おさしみは、毎日のように見ていますよ。しかし、たまには、お酒を飲まないで、おさしみを食べてみたいですよ」

と、おっしゃった。

私は、なるほどと思った。私自身、それほど宴会が多いわけでない。また、家で、おさしみを食べることもすくない。だから、私もまた、そのときは、おさしみごはんを注文した。以後、私は、府中ゴルフ場へ行くと、たいてい、おさしみごはんを食べることにしている。府中の他に、おさしみごはんの出るのは、小金井ゴルフ場である。

どこのゴルフ場の食堂にも、それぞれの特色があり、その特色を更に活かそうと苦

労しているのだろうが、私に忘れられないのは、郷里の富山市の呉羽山《くれはやま》ゴルフ場の食堂であった。昨年の秋、たった一度行ったのだが、そのときは、家内も同行した。

食堂に入ったのは、午後二時頃だったので、割合に閑散としていた。メニューを見ると、松タケごはんが出来ることになっている。これは嬉しいと思って注文してみると、しゃれたダエン形の塗りのうつわに、松タケと栗の入ったごはんだった。松タケと栗なんて、異質のものがまじり合っているようだが、実際には、松タケと栗の量がそれ程に多くなく、薄味で、なかなかうまいと思った。おそらく、呉羽山のゴルフ場の食堂では、こういう季節季節の物を活かした食事が出来るようになっているのであろう。

もう一つ、どこのゴルフ場であったか忘れたが、コースの途中の売店に、おでんを売っていた。寒い冬の季節であったので、このおでんがひどくうまく、また、気の利いたものに思われた記憶が残っている。

ゴルフ場へ行くのは、勿論、ゴルフをするのが目的である。が、その他に、あそこへ行けば、あれが食べられると、それが愉しみになるような物も置いて貰いたいものだ。

サンドイッチはトーストして

大橋歩

一人きりの昼食にサンドイッチをつくることがある。

昔はサンドイッチ用の（うすくスライスして耳を切った）パンに、卵ペーストやらハムやらツナサラダをはさんでいた。でもここ数年はトーストしてはさむことにしている。何故トーストすることにしたかというと、友人とダイエットの話をしていた時、友人がパンはトーストしないものとトーストしたものではカロリーだか吸収だかが違うといったから。そのことについては真偽のほどは知らない。でも私はその友人のいうことはいつも正しいと思っているので、今もトーストパンの方がダイエットになると思ってる。

またトーストしてあるとなかなかおいしい。歯ざわりもよく、香ばしく、はさんだ具の味もきびきびしてて、よい。

それで外でサンドイッチを食べる時にも出来るだけトーストのを選ぶことにしてる。クラブハウスサンドイッチなんか大好き（具はカロリーが高いようだが）。銀座ウエスト（青山と、目黒に支店がある）にはトーストのサンドイッチもあるから、卵ペーストはメニューではトーストじゃないけど、トーストにしてもらう。もちろん好みがあるから、やわらかいパンの方がおいしいという人もいると思うけど。私は近頃ではダイエットのためではなくおいしくサンドイッチを食べるためにトーストしている。

おいしくない白いパンしかないような地方に行って、サンドイッチでも食べたいなと思った時、トーストしてもらいたいというといいかも知れない。パンがおいしくなるし、数日前のでもごまかせる。もちろんしてくれる店としてくれない店はあると思うけれども。

アメリカでサンドイッチをたのむと、白いパンか胚芽入りかライ麦か、なんて聞かれる。粉の種類なのだ。好みをいうとそれでしっかり具のつまったものをつくってくれる。一人前だけど二人分ぐらいはある。アメリカではトーストしないパンのサンドイッチが多いけれど、日本のサンドイッチと違って、おいしい。具の量のせいかも知れない。ケチケチしてないもの。日本のはイギリスのお茶の時間のサンドイッチみたいなのが多いと思う。アメリカでは昼はほとんどツナとかサーモンとかのサンドイッチを食べる。

フランスではフランスパンのサンドイッチ。ハムやパテがはさんである。たいがいのカフェで、そのサンドイッチは食べられる。おいしいところとおいしくないところはあると思うけど。三十年ほど昔、知人のフランス人の男性にパリの案内をしてもらったことがあった。夜になって小さなカフェに入った。その人はハムサンドイッチをたのんだ。一口食べて、まずいと顔をしかめた。このパンきのうのみたいといった。フランスのパンのことをよく知らない時だったから、何故きのうのパンだとまずいんだろうと不思議に思った。というのは当時日本ではサンドイッチ用の食パンは一日前のものがおいしいと聞いてたからだ。

後々フランスのパンはその日に焼いたものでないとまずくなることを聞いて、知人のしかめた顔を思い出す。

最近代官山にパントリーというパン屋が出来た。昼頃にはサンドイッチも売ってる。ここのは食パンでそのままだけど、具の味がしっかりしているせいかおいしく食べられる。一番好きなのはフランスパン生地の細くて短いフィセルというパンに、カマンベールといちじくジャムをぬったもの。ちょっと甘い。サーモンとかツナとかスパイシーチキンのを一つ買う。それとカマンベールのも一つ買う。カマンベールのは後で食べる。甘いからデザートパンみたいなものと思ってる。

残ったり食べなかったりした日は家に持ち帰り、翌朝オーブントースターで開いて焼く。カマンベールにこげめがついて、なかなかおいしいと私は思う。残りものも焼けばおいしく食べられる。

トーストした方がダイエットになると教えてくれた友人が、またいいことを教えてくれた。家でサンドイッチをつくる時、トースト用のスライス（6枚切り）のをトーストしてからまな板に置いて、うすく半分に切ってサンドイッチにするというのだ。そのままだと半分にスライス出来ないけれど、トーストすると簡単に出来る。そうすればサンドイッチスライスのを用意しておかなくてもいいでしょ、といった。たしかにそう。片面しかトーストしてないことになる（半分に切るから）けど、うすいからその方がおいしい。

ブルーチーズをぬったのもそのうすさのだとおいしい。

コッペパンに甘い甘い色つきいちごジャムをうすーくぬってもらって食べたのが中学の時だった。あれもサンドイッチだったんだわ。

経験豊富な友達にいろいろ教えてもらって、私の好きなサンドイッチもずいぶん変わってきたと思う。

サンドイッチをたのしく飾る

中原淳一

〝心づくしのおもてなしをして差し上げたい〟、と思いながらも仕出しやさんから取り寄せたもので間に合わせてしまうと、お客様がお帰りになった後まで、お手軽にすませてしまった接待の仕方に悔《くい》がのこったりするものです。

そんな時のために、これならばすぐに出来るというお料理を一つ覚えておいて、いつどんな時にもあわてずに、気の利いたものを作り上げる自信を養っておくのも賢明な方法です。

そういう意味で一番料理方法が簡単なサンドイッチを、お客様むきに、たのしく飾りつけるアイディアをここで取り上げてみました。

あなたのちょっとした心遣いでレストランなどでは見ることの出来ないしゃれたサンドイッチを作ってみて下さい。

大きなお皿の中央に紅茶茶碗やコーヒー茶碗のような小さな器にいろいろな小花を溢れるほどにさしておき、そのまわりをサンドイッチでかくすようにして体裁よく並べます。

サンドイッチの中味のハムの赤や、チーズの黄色、ピクルスのグリーンなどの配色も考えてきれいに飾りつけて下さい。

お皿のまわりにも、小菊の小枝を一本ずつさして、お花畑のように明るく華やかな雰囲気にします。手近にあるいろいろな小花だけで創り出されたとは思えないほどの美しさです。

生花が足りない時には、手持《ても》ちの造花もここで活用して下さい。

平たい大皿にひとまわり大きい花型のレースペーパーをしき、その上にサンドイッチを型よく盛り合わせます。これだけでも、お皿にじかにのせて出すよりずっとゆたかな感じが生れますが、銘々《めいめい》が使う楊枝《ようじ》に外国雑誌の切抜きやきれいな色紙に文字をはったもので小旗を作って、パンにさすと、遊園地のあのにぎやかなさざめきが、そのままテーブルの上に移されたようです。

あなたの妹さんや弟さんのお友だちが遊びにきたときなどにこんなこころみをしてみては？　きっと小さなお客様は手をたたいて喜ぶことでしょう。イニシャルのある旗なども素敵です。

明治のサンドウィッチ

獅子文六

三月の節句の豆イリを、私の母は、例年、自分の家でつくったことは、前にも書いたが、そんなことは、明治の母親の仕事として、一向珍しくなかったらしい。今でも、地方へゆけば、菓子なぞを自製する家庭は、残ってるだろうが、都会でも（私の家は横浜だったが）その頃は、なるべく物を買わないで、自分の家でつくる習慣が、あったのだろう。

お彼岸のおハギなぞも、近頃は、菓子屋で買って済ます家が、大部分である。あんなものをつくるのは、手数《てすう》も、時間もかかって、その上、味もよくできないから、自分でこしらえる母親が、少くなったのだろうが、明治の頃は、どの家も自製で、それを近隣へも配る習慣があった。だから、お彼岸中は、私たち子供は、毎日のように、おハギが食べられた。わが家でつくるおハギは、甘味が不足してたが、沢山食べられるから、うれしかった。そして、おハギの上に、少量の砂糖をのせるのが、あの頃の風であった。

私の母親は、料理好きで、器用な人だったので、その頃食べる機会の少かった洋食なぞも、洋食屋で食べたものを、自宅で模倣する癖があった。

私が一番記憶してるのは、サンドウィッチである。

明治三十年代の頃には、サンドウィッチは大変珍しい食べ物で、洋食屋ではこしらえても市販品は一切なかった。

しかし、パンは、無論、売っていた。バターもあった。ただ、ハムがなかった。ハムは舶来品で、ホテルか高級洋食店で、使用するだけだった。

私の母は、ハムの使用をあきらめて、牛肉を使った。恐らく、どこかで、ロースト・ビーフのサンドウィッチを食べたのだろう。

でも、ロースト・ビーフの製法はむつかしいので、ボイルド・ビーフで間に合わせた。

母は脂肪の少い牛肉を買ってきて、麻糸でギリギリと、堅く巻き、それを鍋で長く湯煮《ゆに》にするのである。

なぜ糸で巻くのか、少年の私には不思議だったが、煮始めると、いい匂いがして、早く食べたかった。

煮上ると、肉を冷まして、薄切りにして、パンの間にはさんでくれた。

それを持って、運動会や遠足にゆくのだが、サンドウィッチの弁当なんか持ってくる者は、まだ一人もなかった。

私の母は、娘時代に外人経営の女学校で学んだそうで、当時としては、ハイカラな知識を持ってたのだろう。

それでサンドウィッチなぞも、率先してつくったのだろうが、今から考えると、いい加減な知識だった。ボイルド・ビーフをつくると、うまいスープがとれるのだが、そんなものは、汚いといって、ドンドン捨てていた。

母はパン屋さん

立松和平

子供の頃、私の家はパン屋さんだった。私は宇都宮の駅前に生まれたのだが、三歳の時に郊外に越した。畑のなかに住宅がぽつぽつと建っているところで、私の家は砂利の川のような大通りに面していた。小さな小屋のような家で、台所のほかには六畳一間しかなかった。そのかわり通りに面したところには、店がつくられていた。座敷よりも店の面積のほうが広かったのである。

みんな働きものだったのだ。国が戦争に破れたことを代償に、ようやくつかんだ平和だったろう。父は中国戦線に日本兵として従軍した。もちろん本人の意思でいったのではなかった。ロシア軍のコサック兵に武装解除され、シベリアに向かって延々と行進させられている途中、雑木林に逃げ込み脱走した。そうやって命からがら故郷に帰ってきた。母は母で、宇都宮で空襲にあい、九死に一生を得たのである。ようやく自分のために、家族のために働ける時代がきたのだ。

駅前で小さな商売をしていたが、やっと自分の家を建てることができるようになった。その時に、ただ住むだけの家ではなく、商売をできるようにしたのだ。父は電気工事会社に勤めはじめていたから、商売は母の担当だったのである。

本当に小さな店だった。内装はベニヤ板を貼っただけだ。土間で、母は下駄をはいていた。もちろん母だけが特別というわけではなく、時代全体がそんな雰囲気だったのである。母がひとつ奮発したのは、ガラスのショーケースだった。大きなショーケースは店の真ん中に置かれていて、なかにはパンがいれられたのだ。クリームパン、アンパン、チョコレートパン、メロンパン等々、甘やかな香りを放つ菓子パンは、当時はガラスのケースに飾られるべきものであった。もちろん、蝿がたからないようにするという目的もあったはずではあるが。

母が開いたのは、食料品店だったのだ。敗戦直後の混乱期をへて、それほど飢える心配がなくなってきたのかもしれない。仕入れに苦労することはなくなり、それでも人は食べなければならないので、食べ物を売る商売なら失敗はないだろうと考えたのだ。

缶詰類、卵、干物、うどん、果物なども売っていたが、最初の頃の主力商品はなんといってもパンだった。朝、宇都宮市内にパン工場のある文明軒から、配達の車がやってくる。木箱が幾つか重なり、そのなかにはパンがびっしりと詰まっていた。母は注文どおりにパンが届いているかをざっと調べ、配達の人に翌日の注文書を渡す。木箱はパンの甘みやらバターがしみ、てかてかしていた。

菓子パンも、一個一個ビニール袋に包装してあったわけではない。木箱のなかにならんでいるのを、母は直接手に触れないようパン挟みでつかみ、銀盆の上にていねいにならべる。それを盆ごとガラスのショーケースにおさめる。時々焼きたてのパンがまじっていたりすると、ほらあったかいよと言って、私にも指の先を触れさせてくれるのであった。指先の点から、パンの柔らかさとぬくみとが全身に伝わってくる。

一日に売れる食パンは、大体三本か四本だったと思う。半斤とか一斤とかに切り、一枚ずつ注文どおりにバターやジャムやチョコレートを塗った。バターはもちろんマーガリンだ。ジャムやチョコレートやクリームは、大きな缶にはいっていた。半斤は四枚で、一斤は八枚である。一番売れるパンは、コッペパンであった。

「コッペパンにジャム塗ってください」

こんなふうに注文を受けると、母は俎《まないた》にコッペパンを置き、薄い皮一枚を残して水平に包丁をいれる。パンをふたつには割らないのである。切り口にジャムをしゃもじで塗るのだが、完全にふたつに割ってしまうと、食べる時にずれてジャムがはみだし、手が汚れる。

母の店は繁昌していたから、コッペパンや食パンの客がならぶと大変だった。母は次々に包丁を動かし、ジャムやチョコレートを塗っていく。食パンをまっすぐに切るのは、結構技術がいった。少し大きくなってから私は店番をさせられたが、コッペパンはともかく、食パンを切るのが難しかった。

パンを切ると、甘やかな香りがひろがる。クリームやチョコレートの甘ったるさとは違う、小麦の香ばしい匂いだ。母の店はいつもパンの匂いに包まれていたものだ。

パン屋のつらさは、仕入れた商品を一日で売りきってしまわなければならないことだった。品切れになってもいけないし、絶妙の注文をしなければならないのだが、それでも売れ残ってしまう。それを食べるのが、家のものなのである。私たちの昼食はほとんど、売れ残りのパンであった。それでも食べきれなくて古くなると、母は蒸し器でパンを蒸した。水分を含んでべちょべちょになったパンを、パン屋の子供たる私はよく食べたものなのである。

パン

宮下奈都

　母は甘いものを好まなかった。健康志向だとか、ダイエットだとかを考えてのことではない。純粋に甘いものが好きではなかった。それを万人共通の感覚だと捉えていたようだ。子供たちも甘いものを好まないだろうと思い込んでいた節がある。家には甘いお菓子があった記憶がない。私と弟も特に欲しがった覚えはないのだけれど、実際のところはどうだったのだろう。

　くっきりと覚えているのは、チョコレートへの憧憬《しょうけい》だ。小学校の低学年だったと思う。テレビの上に、見慣れない薄い小箱を見つけた。ドキドキした。私の記憶によれば、それは明治製菓のデラックスチョコレートのはずだった。私とて、買い物に行ってお菓子の棚を素通りするわけではない。どうせ買えないとわかっていて横目に眺めるお菓子の棚に、黄色に銀色のしましま模様の入ったそれは燦然《さんぜん》と輝いて見えた。まさに今、テレビの上にのっている小箱は、憧れの小箱に酷似していた。

「いいものがあるね」

私は母に言った。

「あら、そう?」

母がとぼけているのか、それともほんとうにチョコレートがわが家にあるのを知らないのか、わからなかった。父か祖母が自分で買ってきてそこへ置いたのかもしれない。

「いい? あれ、食べていい?」

返事も待たずに小躍りしながら小箱に手を伸ばした。そうして、すぐに悟った。中身は空だ。父だ。父が食べて空の箱をそこに置いたか、誰かの食べたチョコレートの空き箱を嬉々としてもらってきたかだ。

「あはは、ごめん、それ空っぽ」

父には工作癖があった。空き箱や空き缶でなんでもつくってしまう。からくり簞笥《だんす》のようなものが得意で、きっとこの黄色っぽいしましまも抽斗《ひきだし》のひとつにでもするつもりだったんだろう。私はショックでさめざめと泣いた。

覚えているのはそこまでだ。泣いた後、私も家族もどうやって収拾をつけたのだったか。はちきれそうなまでに膨らんだ子供の期待をぱちんと割ってくれた父の屈託のなさには、それからも何度も泣かされ、笑わされた。今でも彼はチョコレートと工作が大好きだ。

さて、甘いものが好きではなかった母は、子供たちのために、ときおりおやつを手作りしてくれた。とはいえ、もともとお菓子に興味のない母である。たぶん、適当に粉と卵と砂糖と牛乳を混ぜて、フライパンにバターを溶かして焼いてくれたんだと思う。あえて言うならパンケーキだが、母はそれをパンと呼んだ。もちろん市販のパンとはかけ離れている。でも、母が口にすると、パンというのはほんとうはこっちのことなんじゃないかと私には思えた。

パンはたいてい、ふくらし粉を入れすぎていて、ふっくらというよりぶわっと膨らんでいた。焦げ目もついていた。それでも、おいしかった。うっとりするほどおいしかった。甘いものに飢えた私と弟の心をがっちりとつかんで離さない、夢のおやつだった。

あるとき、父の友人が家に遊びに来た。お茶を出して、何かお茶うけを、と思ったが当然家にはない。母は、パンを焼くからちょっと待ってて、と父に言った。父はそれをそのままお客さんに伝えたらしい。しばらくして焼き上がったパンを出したら、お客さんは一瞬戸惑ったような顔を見せた。それから急いで、おいしそうですね、と笑った。はっとした。子供心にも、気遣われていると感じた。これはパンではないのだと思い知らされた瞬間だった。

　父はたぶん何も気にしていなかっただろう。でも、私には世界がぐらりと傾ぐような事件だった。それからの私はパンを守ることに心を砕いた。これはパンではないと、たとえば弟が言い出さないように、頑《かたく》なに母のパンをパンだパンだと言い続けた。まるでサンタクロースの正体を知った子供が、必死にサンタクロースを信じているふりをするみたいに。

パンの耳―ひそかな宝物

平松洋子

耳は、いつだってうれしい。こっそり囁《ささや》かれてもうれしいし、しずかに胸に耳を当てて鼓動を聴かれてもうれしい（医者以外）。とりわけにんまりさせられるのは、パンの耳である。

パンの耳。ぜんぜん進化していないところが、また好きだ。こどものころからずっと呼びつけているが、新味がくわわる気配もなく、いつまでたってもパンの耳。変わりようのないところに安心感がある。

なにがすてきかといって、遠慮がちなところ。なんとなく居心地悪そうにさえ映るところが、ぐっとくる。パンの耳に逢えるのは、たいてい個人商店のパン屋だ。早朝に焼いた角食パンを店の棚に置いて商うちいさな店。そういう店で買うと、はじっこに四角い茶色の一片がついていることがある。二斤なら、両側に一片ずつ。耳がちゃんとついているだけでまっとうなパンを買った気になり、うれしくなるのだ。

こどものころ、母がいつも買ってくる角食パンには、ちゃんと耳がついていた。一週間に二度ほど近所のパン屋に通って一斤の八枚切りを買うのが母の習慣だったが、最初の日、わたしの目当ては一枚だけついているパンの耳だった。はじっこの茶色い耳を確認すると、しめしめと舌なめずりをしたが、家族の誰にもパンの耳が好きだと明かしたことはない。

いまでも、はっきり思い出すことができる。朝食のとき、わたしはできる限りさりげなく耳を取り出し、トースターに入れた。（これが食べたい）という積極的な態度に持ちこむと、パンの耳が好きなことがわかってしまう。こどもにだって防衛策はある。だって、好物を知られてしまうと、トンビに油揚げをさらわれる危険があるから。つねに姉の動向に敏感な妹は、最大の要注意人物である。それまでパンの耳なんか見向きもしなかったくせに、急に「あたしも欲しい」と駄々をこねるのは目に見えていたし、母はお決まりの小言「お姉ちゃんなんだから譲ってあげなさい」を口にするだろう。油断はできない。

パンの耳は、だから「収穫物」なのだった。おいしさに価値があるのも当然である。トースターで焼くと、パンの耳は内側にくるんと丸まる。周囲のふちは焦げ気味。その香ばしさが、またいい。バターを塗ると、カリカリに乾いた表面の音が響いて、気分も盛り上がる。半分に折ってぺたんこにした耳サンドに噛《かじ》りつくと、ビスケットみたいにきゅっと締まった生地が芳しい。いまなら「クリスピー」という言葉をあてがいたい。パンの耳には、ピーナッツバターもぴったりだった。さらに上級編は、パンの耳のハムサンド。バターを塗り、マヨネーズを重ねて塗り、ハムと薄切りのきゅうりを置いてぱたんと折って閉じる。ひとくち噛むと、香ばしい生地のあいだから顔をのぞかせるハムのピンクときゅうりの緑がまぶしい。中学生のころ、わたしのないしょのおやつは、パンの耳のハムサンドだった。

そんな知恵がつく以前も、わたしはパンの耳の恩恵に与《あずか》っていた。幼稚園のころ、さかんに母にねだってつくってもらったおやつは揚げたパンの耳の砂糖まぶし。いまでも、バットのうえに広がった幸福な光景をまざまざと思い出す。カリッと揚げたパンの耳に砂糖の雨を降らせると、まっ白なひとつぶひとつぶが耳の上で夢のように煌《きら》めいていた。

山手線とクリームパン

東直子

この間山手線で三人用の座席の真ん中に座ったら、両わきの二人がしゃべりだした。うとうとしていたので、近くの誰かと話をしているのだろうと思っていたのだが、目をさまして見てみると、右のよくふとった色白の眼鏡くん（巨大な黒い鞄持ち）も、左の赤ら顔の無精髭おじさん（クリームパンを手に持っている）も、それぞれが、ぶつぶつとひとりごとを言っているのだった。内容は、つらつらとした愚痴のようなものらしい。右の人も左の人も、ときどきこちらを向いて、「……だよなあ」と話しかけるので、身がかたくなる。答えようもない。まわりにいる人もちらちらとこの様子を見ながらも、完全に無視している。二人も答を期待などしてないのだろう。いやなら席を立てばいいのだが、そういうあからさまに人を否定する行為がとっさにできない。

それはともかく。

左の人が持っていたものを「クリームパン」と書いたけれど、まじまじと見て調べたわけではないので真相は定かではない。表面がつるんとした楕円のパンはなんとなく「クリームパン」だと思ってしまう。あれがまんまるだったら「あんパン」だと思ったにちがいない。

クリームパンだったにしろジャムパンだったにしろ、山手線のような通勤通学に使われる普通の電車内で食事をしている人を見かけることは滅多にない。自宅から都心に出かけるとき、一時間近く電車に乗ることになるので、車内で食べておきたいと思うことがよくあるのだが、なかなかできない。たとえ電車がすいていたとしても、あのオープンな空間で物を食べるところを人に見られてしまうのは、ちょっと恥ずかしいし、迷惑がかかる、という認識が人々に「普通の電車でお弁当」を自粛させているのだろうか。

パイもののようにまわりにぽろぽろこぼれたり、肉まんのように匂いをまき散らしたりするものは顰蹙《ひんしゅく》を買ってしまうだろうが、クリームパンのようにおとなしい食べ物ならば、許してあげてもいいような気がするけれど、どうだろう。

クリームのやわらかく煮え午後となる　ただなきたくてなく風を聴く

ロバの蒸しパン――黄昏のメリーウィドウ・ワルツ

入江敦彦

英国の夏の夕べは遅い。夜の八時を回ってようやく陽射しに金色の光が混じり始める。そんな黄昏《たそがれ》どきを報せるように、どこからともなく音楽が聞えてくる。なんとも郷愁を誘う音色。それはアイスクリーム・バンが鳴らす客寄せの旋律であった。耳に懐かしいメロディはレハールの『メリーウィドウ』だ。

なんで、ロンドンで、アイスクリームで、ウィンナ・ワルツなのかはよくわかんないけれど、駄菓子の風情がある粉っぽい英国の安ソフトクリームとそのメランコリックな明るさはよく合う。こういうバンで買ったアイスを舐《な》めながら歩けば、雑然とした植込みの合間に、ただ芝生が敷かれただけの工夫のない公共公園でも、昼さがりのプラータークを散歩しているような情緒を味わえるかもしれない。

音楽が客を引きつけるといえば『ロバのパン』なる巡回式パン屋が京都にはある。

その名の通りかつてはロバに牽《ひ》かせてお商売をされていたわけだが、私の記憶にあるのは自転車。紙芝居小屋のような屋台だ。紙芝居小屋っつっても想像つかないか。パンチ&ジュディならわかる？　説明が難しいけれど、荷台に小さな箪笥か水屋のような屋台を備え付けた自転車が、悠長な童謡調の唄を流しつつ市内を巡回していた。

商家の多い京都では、主婦の手間を省くためか街頭売りのシステムが発達している。トーフィーとラッパを鳴らしてやってくるお馴染みの「お豆腐屋さん」を始め「包丁砥ぎ屋さん」「焼きいも屋さん」などはもちろん、自前の畑で収穫した野菜や自家製の漬物を大八車に載せてやってくる「賀茂のおばちゃん」、丹波からくる「黒豆屋さん」、若狭からくる「魚屋さん」などなど。観光名物になってしまった大原女《おはらめ》さん以外は、数こそ減ったが京都人の暮らしの中に健在である。

ロバパンはそんな振り売りのなかで唯一子供たちに直接関係のある存在だ。私はいつも遊び場にしていた『西陣公園』で、ポケットに手をつっこんで指先にコインを確認しながら今か今かと待っていた。

いやはや、それにしてもロバパンの魅力たるやなかった。もちろん駄菓子屋には禁断の林檎がたわわに実っていたが、ロバパンときたら楽園《エデン》の蛇のごとき誘惑者であった。「買い食い」は子供にとって至福の時間。それが禁止されていたりしたなら尚のことだ。持ち帰っては魅力半減。いつも藤棚の下、石造りのテーブルで頬張った。

買い食いなんて倫理的には勧めかねる行為かもしれない。が、こういうときに〝タブーを破る〟快楽とリスクを知っておかないと、将来、真剣に破っちゃいけないタブーを侵したり、リスクを負ってタブーを越えるしなやかさが身につかない精神的な虚弱体質になってしまう。失敗したり挫折したりしながら子供という生物は《人間》になってゆくのだ。ホンモノの味を覚えたり、マナーを習得するのと同じくらい大切なレッスンだと思う。それこそ、禁断の林檎が知恵の果実であったように。

むろん現代だって禁断の果実はいたるところに毒々しく実を結んでいる。いまどきの果樹園はコンビニであり、ファストフードだ。それを考えるとロバパンで知恵をつけることができた世代は幸せ者かもしれない。たとえそれが〝余計な知恵〟だったとしても、ないよかマシである。

昭和三十年代の最盛期には全国で百六十もの屋台が稼働していたロバパンだが、高度成長期にほとんどが淘汰され、現在はもう十ほどに数を減らしてしまったらしい。それでも観光名物に堕ちることなく京都市内はおろか府下の隅々まで営業を続けられている創始者の二代目、桑原氏の御一家には頭が下がる。依頼に応じて出張して下さることもあるらしい。この方たちも本当の京都人ということか。

街をぶらぶら歩いているとき、偶然にもロバパンの屋台に出会う僥倖《ぎょうこう》が京都人には残されている。部屋にいてもメロディを聞きつけたなら私は駆けだしてゆくだろう。

ロバパンを食べたい気持ちは、「レトロ趣味」なんかじゃない。商売道具でもないかぎり京都人に、そういったセンチメンタリズムはない。まして幼少期の思い出に浸りたいなんて思わない。

私はただ、メリーウィドウ・ワルツが見馴れた風景を異国の庭にしてしまうように、あの旋律に混じった不思議な成分の助けを借りて、今のままの自分で、あの頃の遊び場に帰ってみたい。藤棚の下から、あの頃の京都を、ただ眺めてみたいのだ。

どっしりとしたジャムパン――パン工房　中村屋（南砂）

山本一力

三時限目と四時限目の間の休み時間。

わずか五分間なのに、なんと魅惑に満ちていたことか。

四時限目のあとには、給食が待っていた。三時限目後の休み時間は、調理場はもっとも忙しい時間帯なのだ。仕上げ段階に差しかかった今日の献立の香りが調理場から漂い出て、廊下に満ちていた。

「今日はカレーにかあらん」

廊下のこどもたちは顔を見合わせて、生唾《なまつば》を呑み込んだ。

昭和二十二年生まれと、二十三年の早生まれが四年生だった、昭和三十二（一九五七）年。こどものご馳走は、なんと言ってもカレーだった。

朝の登校前、母が釜で炊いた熱々メシを二膳も食べていたのだが……。

体育で跳び箱六段を飛び越え、図工で土讃線《どさんせん》を走る蒸気機関車を写生したあとの、給食前の休み時間である。こどもは腹と背中がくっつくほどの空腹感を覚えていた。

そんなとき、カレーの強烈な香りが我が物顔で廊下を流れ過ぎた。

四時限目の授業など、わるガキどもは上の空。容赦なく教室に侵入してくるカレーの香りに気をとられて、鼻をひくひくさせた。

「ヤマモト、ちゃんと聞きゆうがか?」

体育が専門の担任ヨコタ先生は、チョーク投げの達人である。二センチ長の白墨は、いささかも的を過《あやま》つことなく、坊主あたま目がけて飛んできた。カレーを控えた四時限目の授業では、毎度のように白墨に狙われた記憶がある。

終業ベルのあとは待ちかねた給食。八人の給食当番が手分けして、こどもたちに給仕をして回った。

昭和三十年代の高知は、校舎も机も椅子も、すべてが土佐特産の杉でできていた。戦災を免れた校舎は古い。机も椅子も、建物に負けずに年代物である。

使い古された机の表面は、代々の生徒が肥後守《ひごのかみ》(小刀)で拵《こしら》えた落書きや傷でざらざらだ。そのデコボコの机に、真鍮《しんちゅう》製の食器を並べた。

なにしろ一円玉が真鍮だった時代である。給食の食器も、持ち重りのする真鍮でできていた。

並んだ食器は脱脂粉乳のミルクを入れるカップと、パン皿に大型カップ、それにスプーンと箸である。最初に回る当番は、巨大なヤカンに汲み入れたミルクを注いで回った。

あのミルクの、なんとひどい味だったことか。呑まなければヨコタ先生に叱られる。が、どれほど空腹でも、とても呑む気にはなれない代物だった。

呑まずにいれば、ミルクの表面に膜ができた。放っておくと、膜は厚さを増した。給食の終りまでには呑まなければならないと、だれもが分かっていた。食べ残し・呑み残しは、担任が許してくれなかった。

遊び仲間がミルク当番のときは、注ぐ量を半分ほどに加減してくれた。が、女子が当番ではそんな融通は利かない。

ワルで通っていたわたしは、たっぷり注がれるという仕返しを浴びた。相手を睨んだところで、量は減らない。肚《はら》をくくるほかはなかった。

カレーのときだけは、たっぷり注がれても腹を立てることはなかった。強烈な魅惑の香りが、怒りの感情におおいかぶさっていた。

ミルクのあと、コッペパンが皿に置かれた。そして真鍮の大型カップにカレーが注がれた。最後列のこどもに給仕が終るまで、カレーの香りに唾をためながら待った。

「終りました」

当番が大声で告げると、担任は大きくうなずいた。それを合図に「いただきまあす」の声が、教室に満ちた。

カレーのときだけは、最初にミルクを呑み干した。いやなことを先に片付けて、存分にカレーを味わいたいがためである。

コッペパンを千切り、カレーの器にひたした。カレーの色は黄色。ジャガイモとニンジンが、形を残して混ざっている。肉はあしらい程度で、ペラペラの薄さだ。しかし滅多なことでは、家で肉を口にできない。

高知は牛肉文化圏である。薄切り肉でも、カレー粉と絡み合ったビーフは、飲み込むのが惜しまれるほどに美味だった。

スプーンですくってカレーを食べた。しかしコッペパンにひたして食う美味さは、スプーンからは得られない。

わたしは残しておいた最後のひとかけらで、器のへりのカレーを拭い取った。カレーの日の器は、洗った以上にきれいだった。

小学校の給食が、コッペパンとの出会いだった。バターだのジャムだのは、給食にはついてなかった。パンはごはん代わりである。

ひじきの煮物であれ、クジラの竜田揚げであれ、ジャガイモだけのコロッケであれ、コッペパンに挟んだ。パンの真ん中に洞穴を造り、そのなかにオカズを詰め込んで食べた。

中三の一学期に、東京に転校した。昭和三十七（一九六二）年五月下旬である。住み込んでいた新聞専売所の数軒先に、パン屋さんがあった。自家製パンを売る店で、コッペパンに挟んだコロッケ、メンチが人気だった。

わたしはいつも、ジャムパンを買った。おばさんがパンの腹に包丁をいれて、イチゴジャムを塗ってくれるのだ。おばさんの機嫌がいいときは、パンからはみ出すほどにジャムが塗られた。

旦那と喧嘩をしたときは、機嫌が直るのを待って買った。一度、そんなさなかに買って、こりごりしたからだ。不機嫌なときのおばさんは、パンの地肌が見える薄さにしかジャムを塗ってくれなかった。

高卒の昭和四十一（一九六六）年四月、専売所を出てアパート暮らしを始めた。ほぼ毎日口にしていたジャム挟みのコッペパンが、わたしの暮らしから消えた。

時折り、無性にコッペパンが食べたくなる。昔日の食への想い、拭い難しだ。

何軒のパン屋さんに出向いたことか。コロッケパンなどの調理パンは、多くのパン屋さんが拵えていた。

いずれも失望した。決してまずいわけではないが、わたしの味憶とは違っていた。ゆえに満足できなかったのだ。

失望の理由のひとつは、ジャムパンがなかったことだ。もはや当節は、ジャムは家庭で塗って食べる食品なのか。

なかば諦めていたとき……。わたしは東京都江東区に住んでいる。同じ区に暮らす中央公論新社の編集者ミウラ女史に、そのパン屋さんを教わった。

「なにを食べても、懐かしい味です。コロッケパンは、一個で充分にお昼ごはんです」

ミウラ女史の食の感性を、わたしは信頼している。教わった翌日、カミさんと連れ立って南砂の『パン工房　中村屋』をおとずれた。

おカミさんが店番で、ご主人がパン焼き職人である。一歩入るなり、あたまのなかで時計が激しく逆回転を始めた。

四十年以上も昔に、新聞専売所近くのパン屋さんに漂っていた香り。その美味そうな香りが、中村屋に満ちていた。

真っ先に手に取ったのが、焼きそばがたっぷり詰まったコロッケパンである。なんとこの店では、キャベツの代わりに焼きそばが敷かれていた。

ミウラ女史は、いささかも誇張をしていなかった。コッペパンの真ん中を割り、焼きそばとコロッケが収まっている。下敷きになった焼きそばの量が半端ではない。

適した表現とは言えないが、コッペパンがツチノコ状態に膨れている。それほどに、中身がぎっしり詰まっているということだ。

値段を聞いて、さらに驚いた。焼きそばコロッケパンは百八十円。キャベツ敷きなら百五十円だという。

まさにこのパン一個と小型の牛乳パックがあれば、充分に昼飯になること請け合いだ。

「どうせ売るなら、一個で満腹感を味わってもらいたいもの」

中村屋のおカミさんは、パンの盛り付け同様、物言いが豪気《ごうき》である。それでいながら、やさしい。

「ジャムパンは？」

「もちろん、あるわよ」

コロッケパンに使うコッペパンの腹を割り、両端からはみ出さんばかりにジャムを塗ってくれた。しかもいまどきの、こざかしく洒落《しゃれ》めかしたジャムではない。どっしりと重くて、酸味と甘味が見事に混ざりあった、昔日のイチゴジャムだ。四十年以上前に渋谷区富ケ谷で口にしたのと、まったく同じ味。

機嫌のよかったときのおばさん以上に、気前のいい塗り方である。それでいて、一個なんと百二十円。コッペ一個が百円だから、ジャム代は、たったの二十円ということか。

自家製のカスタードクリーム塗りのコッペは、高級洋菓子をも凌駕《りょうが》する美味さ。この店を教えてくれたミウラ女史いち押しの品だ。

「ひとっつまみのお薬をいれたら、何日かは持ちがよくなるんだろうけど……そんなもの、お客さんには食べさせられないもの」

無添加であるがゆえに、日持ちはしない。

しかしそれこそが、手作り食品の誇りだ。

食パンも、もちろん美味い。

干しぶどうがたっぷりと散らされた、レーズン食パンも格別の味だ。このレーズン食パンで拵えた、昔ながらのラスク。

昭和懐古の声が、近頃かまびすしい。おのれの身の丈を忘れつつあるがゆえに、ひと肌のぬくもりが残る昭和を想うのか。

されど中村屋は、いまを生きるパン屋だ。

この店のパンを口にすると、おのれの身の丈相応に生きる心地よさを味わえる。

実はパン好き

高橋みどり

ごはんが好きだけど、実はパンも大好きです。食べる回数からすると、絶対的にごはんのほうが多いけれど、ここの、このパンじゃなくちゃ嫌という一辺倒ではなくて、いろいろなものをその時の気分で食べたい、そういうパン好き。

最近、わが青山地区では「アンデルセン」が模様替えをしたようです。インテリアもシンプルになり、いろんな意味で無駄なものは削られた気がする。メインのパンにしてもサンドイッチ類にしても、種類が厳選されて相当スッキリしました。それとともに過剰包装も止めたように思うし、テープでさえ紙テープになったのね……などとチェックしているのはきっと私だけではないはず。ここでは具と味付けがモダンなタイプのサンドイッチを昼ごはんのために買うことが多いかな。そして車の運転時に食べるのに便利な、小さめサイズのティーサンドも気に入っています。

ともあれ、こんなにいっぱいあって後はどうするんだろうなんて余計なお世話ながら考えちゃうような店よりも、こうして方向を変えてでも気持ちよくしていく姿勢が見える店はエライ！　なんてひとり感心しているのでした。

朝は和食。でもこの店を知ってからは、無性にサンドイッチを食べたくなる朝があるのです。この店、お店自体はかなり前から知ってはいたのですが、入ったことはなかった。いわゆる町のパン屋さんで、焼きそばパンとかの調理パンがあって……いやいやそのテのそういうパンが嫌いなわけではないのだけれど、何というか期待していなかったので。けれど友人いわく、ここのサンドイッチの特にきゅうりサンドはいいんだ、とか。

引っ越して、さらにこの店「木村屋」が近くなったのをご縁に、ある日そのおすすめのサンドイッチを買いにいきました。朝からやっていると聞いていましたが、なるほど、通勤途中のサラリーマンが朝食がわりに買って行くと見えて（もっともここは昼時となると大にぎわいとなる）、七時半なのにすでにお目当てのサンドイッチも出来始めています。ごく普通の白い食パンで、二種類だきあわせのワンパック。

うわさのきゅうりとたまご。そしてハムとポテトサラダを。その組み合わせは一様ではなく、さまざまに気まぐれで組み合わせられているので迷う。ハムカツ＋たまごの組み合わせにすると、きゅうり＋たまごのたまごがダブッちゃうしなあ、なんて朝から小さく悩むのだ。とはいうものの、私の好きなサンドイッチの条件を考えるとここは理想的。サンドの具は一種類。ペラッとしたパンにバターが塗られ、一種類の具がはさまれた程度の何の芸もないくらいのもの（コンビニのこれでもかというくらいに具の入っているものは嫌い）。先のアンデルセンのサンドイッチも、ものによってギリギリセーフな感じなのが私のサンドイッチの条件です。そういった意味ではここ「木村屋」は今まで見落としていました、ゴメンナサイ。厚手に切ったきゅうりがここまで潔く入っているとおいしいものだと感心！　サンドイッチが食べたくなる朝は、寝起きに自転車でひとっ走り、「木村屋」へ駆け込みます。

柔らかくてフワフワのパンが続くと、今度は堅めのしっかりしたものを欲します。ことに高山なおみさんの撮影に向かう朝は、ルートとして井の頭通りを使うので、それはもう条件反射のように道沿いにある「ルヴァン」に立ち寄ります。

朝行くと、店では大方の仕込みが終わったのか、スタッフたちがテーブルを囲んで朝食をとっています。きっと朝早くから働き続けだったのでしょう、みんなホッと一息をついている図で、楽しそうな食事風景なのです。もちろん焼きたてのパンを求めて行くのだけれど、遠目にみてもそのなごやかな風景はとてもいい感じなので、ついついその空気に吸い寄せられてしまう。店内の焼きたての香りはそれだけでシアワセな気分になる。パンをみつくろっていると、必ず焼きたてパンを切って試食をすすめてくれる。これがうれしい。おみやげのパンと、車中用のパンを求めて車にもどる。一路本日の仕事場、吉祥寺へ向けて運転再開、片手にパンを握りしめモグモグしながらのドライブがまた楽しい。

吉祥寺といえば、かならず立ち寄りたくなるパン屋があります。「ダンディゾン」、まだまだできたての新しいモダンな店。インテリアだけではなくて、パンにいたっても今までに味わったことのない風味。たまに食べたくなるフワフワパンや、堅めでしっかりとしていて酸味のあるパン、カリッと焼きたてのフランスパン、バターたっぷりのクロワッサンやデニッシュ、全粒粉を使った素朴なパン……そのどれもと違う新しい味わいのパンだから、吉祥寺へ出向いたときにはついつい足が向く。

いろいろな種類の中でのお気に入りは、焼きたてだとヤバイくらいのおいしい香りのグリュイエルブルー、そしてフィグ。焼けたチーズの味と、いちじくジャムの甘さは、これまた早く帰って、ワイン、ワインと胸おどる大人のパンなのです。

ごはんも好き、パンも好き。けっして体のためにと玄米やホールウィートのパンを食べるのではなくて、食い意地がはっているせいなのか、あくまでも食べたい時に食べたいものを食べるという生活。

逃避パン

角田光代

我が家に家電のニュースター、ホームベーカリーが登場したことは以前ここに書いた。

もののみごとに、はまった。材料を入れるだけで焼き上がってしまう食パンばかりか、丸いテーブルパン、全粒粉の入ったパン、はちみつパン、スコーンと作り、挙げ句、四国からうどん用の粉を取り寄せてうどんまで作っている。

問題は、作る量が食べる量をはるかに上まわってしまうこと。こんなにパンを作っているが、私はそうパンが好きというわけではない。スコーンに至っては、ちっとも好きではなく、人生で二度ほどしか食べたことがない。だから自分で焼いたスコーンが、うまくできたのかどうかさえもわからない。でも、作りたいから作る。丸いパンだと、一度に十個ほど焼き上がる。私が一日に食べるパンは、朝食用にひとつ。ともに暮らす家族はごはん派でパンは食べない。ね、需要と供給バランスがへんでしょう？

でも、自分で焼いただいじなパンだ。冷凍庫に保存する。冷凍保存すると、焼きたての風味が損なわれない。そんなわけで、私の家の冷凍庫には現在パンとスコーンがごろごろ入っている。それでもう一カ月ぶんの朝食がまかなえるのに、それでも気がつくと、今度は何パンを作ろうかと仕事の合間に考えている。

そこで、はたと気づいたのだが、粉には魔力がある。

以前、親しい女子編集者が、会社で嫌なことがあると帰宅後パンを焼くのだと言っていたことがある。編集者の夜は遅い。だいたい日付がかわるころ。そんな時間に帰って、ホームベーカリーでなく彼女はご自身の腕で、粉を練るのである。練って練って、そうして焼く。気持ちがスーッとするらしい。

彼女が、（そうとは言っていなかったが）嫌なことの原因である上司だか作家だかを呪詛《じゆそ》しながら台にばちんばちんと生地をぶつける様を想像すると、たいへんにおそろしいが、でも、もちろんその「ぶつける」だけが醍醐味《だいごみ》でもないのだろう。粉をさわってこねて、ぶつけてふくらまして成形するという、粉過程のぜんぶが、気持ちの鎮静作用をもたらしているのだと思う。なぜなら、その「こね」部分をすべて機械にゆだねている私も、仕事中に粉のことを考えていると気持ちがスーッとし、「週末に思う存分粉を練ってやる」と思うと、締め切り地獄で世をすねる気持ちも「よっしゃがんばるデ」と前向きなものに切り替わる。

粉にはそういう、逃避というか鎮静というか癒《いや》しというか、魔力があるのだと私は思う。粉って偉大。きちんと食べられる何ものかになるし。

冷凍庫にごろごろ詰まっているパンやスコーンは、つまるところ、締め切り地獄の地獄度と比例しているのであろう。……と思ったら、冷凍庫を開けるのがなんだかおそろしくなってきたなあ。

他力本願パン作り

群ようこ

先日、評判になったダイエットの本を読んでいたら、驚きの連続だった。腹もちのいい食事は腸にとどまる時間が長いので、体のためによくない。腸内発酵をうながす食べ物もよくない。だから御飯よりもパン食がよく、青菜を中心の食事にするのがよいというのである。一日のうちに食べていいバターの量も、信じられない多さであった。青菜をたくさん食べるのは必要だが、私にはこれを実践するのは無理だ。自分で食べたくないと思うのなら別だが、

「○○を食べてはいけない」

というのは私の性には合わない。やっぱりいけないといわれながらも、チョコレートやアイスクリームは食べたくなるし、お湯でふやかすインスタントのソース焼きそばにも、心が惹《ひ》かれるときもあるからだ。ただこの本に紹介されていた、自分の家で

パンを焼くことは、私も取り入れてみようと決めたのである。

ずいぶん前、知り合いの女性が、

「パン作りを習いにいっているの」

といった。粉をこね発酵させ、パンを作るのは、なかなか大変そうである。彼女はそれまでも、インスタントのだしなどは使わず、一からきちんと手をかけて料理を作る人で、偉いなあと感心していた。そのうえ、パンまで作りはじめる。きっと彼女は、苗代《なわしろ》に籾《もみ》をまき、それを育てて稲刈りまでするんじゃないかと、思ったくらいであった。

「パンを作るのって、とても力がいるんだけど、それが気分転換にいいのよ」

彼女は楽しそうだった。当時、彼女は姑《しゅうとめ》を引き取って暮らすようになっていた。別にいがみ合いもなく、他でいうような嫁と姑の争いは表立ってはなかったが、それでも一緒に生活していれば、いろいろなことが起きる。自分の夫にも腹が立つことがある。その鬱憤《うっぷん》をすべて、パン作りにぶつけているというのである。

パン生地をこねるときに、自分の身にふりかかった嫌なことを思いだすと、怒りがわいてくる。目の前にあるパンの材料が、夫や姑に見えてくる。そこで、

（ちくしょー、このやろう）

と腹のなかでつぶやきながら、満身の力をこめてこねていると、だんだん気分がす

っきりしてくるのだそうだ。おまけに最後には、おいしいパンが焼き上がる。

「一石二鳥って、このことだわ」

彼女は喜んで、パン作りにはげんでいた。何年かして会ったとき、

「まだ、パン作りを続けているの」

と聞いたら、

「ああ、あれはやめた」

という。姑も亡くなり、夫に対しても、

「しょうがないなあ」

という気持ちが先にたち、あまり怒りがこみあげてこなくなったんだそうだ。

「それから、どうも、パンがうまくできなくなっちゃったのよ」

すべての怒りをこめて、パン生地をこねていたときは、ほれぼれするくらいだったのに、現在は、いまひとつ、といいたくなるものしか、焼き上がらなくなった。出来が悪いと、やっぱり面白くない。

「ガス抜きをするときは、力をいれてやらなきゃならないんだけど、力をいれようと思うと、疲れちゃうのよ。前は力をいれようと気張らなくても、十分なくらい力が入ってたんだけどね」

家にパンを焼く釜があるわけではないし、だんだんパン作りからは遠ざかり、今は

天然酵母のパンを作っているパン屋さんで買って食べているという。やはり家庭で一からパンを作るのは、大変なことなのである。

ところが、そのダイエットの本を読むと、パン作りの器械があるという。厳密にいえば、自分の家でパンを作るということからは、ちょっとはずれるが、何が入っているかわからない、市販のパンを買うよりは安心だ。私は町で手に入るパンが、妙にふかふかなのと、甘いのが気に入らなかった。なんだかぐにゃぐにゃしていて、根性がないからである。日本で身近に手に入るパンがおいしくないので、私は御飯に執着していたが、おいしいパンを食べたくなるときもある。

「自分の選んだ材料で、パンができる」

これはとても魅力的なことだった。そこで近所の電気店にいって、パン焼き器をチェックし、買うことを決めた。お店の人は、

「パンの材料のセットがあるんですけど、必要じゃないですか」

と熱心にすすめてくれたが、

「いりません」

と断った。そして翌日、私の家にパン焼き器が到着したのである。

パン焼き器は白い四角な箱だった。もっと複雑にボタンがついているのかと思ったら、とてもシンプルで、材料をセットしたら、あとはボタンを押せばいい。ほとんど

電気釜と同じ感覚で使えるようになっているのだ。テキストには、レーズンやチーズ、くるみなど、いろいろな物が入っているパンの作り方も載っていたが、最初はプレーンな食パンからはじめることにした。

しかし私はだんだん不安になってきた。

「本当にこんなんで、焼けるのか」

と器械の蓋を開けたり閉めたり、くんくんと本体の匂いをかいだりした。もともと文明の利器にうといので、

「まさか、そんなことができるわけがない」

と半信半疑なところがある。あんなに知り合いが苦労して作ったパンが、材料をセットして、四時間で焼き上がるとは、ちょっと信じられないのだ。

「ま、どんなもんか、やってみるか」

ダイエットの本に書いてあったとおり、ミルクや砂糖は入れず、無添加の強力粉に全粒粉を混ぜて焼くことにした。あとは塩と無塩バターを少し、そして水を加えるだけである。粉、バター類は秤や計量スプーンで正確に計ればいい。水も備え付けのコップの「食パン」と書いてある線のところまでの分量を入れればいい。どうやっても失敗しないようになっているのである。パンケースという小さいバケツみたいなものの底に、羽を装着する。この羽で材料をこねるのだ。粉、塩、バター、水を加え、パ

ンケースを本体にセットする。イーストは本体の蓋についている容器に入れると、少しずつパンケースの中に落ちるしくみになっている。

「どうしてこんなに、うまくできているんだ」

と驚くばかりである。が、まだ頭の隅では、

「本当に焼けるのかしら」

と疑っていたのも事実なのである。

材料をすべてセットし、電源を入れると、ぐおーんと音がして器械が作動しはじめる。もっとうるさいかと思ったら、音は全く気にならない。突如、音がやんだり、また別の音がしたりする。生地をこねたり、発酵させたりと、本体の中ではさまざまな工程が行われているのである。私は蓋を開けたくなる衝動をぐっとおさえ、仕事をしながら横目でパン焼き器を観察していた。

「こんな、ただの白い箱なのに……」

でもその白い箱は、がんばって四時間働いた。これを買ってよかったと思ったのは、パンを焼く工程に入ってからだった。

部屋いっぱいにパンの焼ける匂いがただよう。

「あー、なんか幸せだなあ」

とってもうれしくなった。

けてパンケースを取り出した。

「これは、うまくいくかもしれない」

そう思ったら、胸がわくわくしてきて、まだかまだかと、ずっと本体のタイマーが気になって仕方がなかった。やっと焼き上がりを示すランプが点滅したので、蓋を開けてパンケースを取り出した。

「おー」

ちゃんとパンができている。テキストではパンケースを逆さに持ち、上下に数回振るとパンが出せることになっているのだが、いくらやってもうまくいかない。力まかせにやると、パンを部屋の中にすっとばしそうだし、私は木製のへらをパンケースとパンの間にさしこみ、だましだまし動かして、やっとパンを取り出した。あら熱をとったあと、切って冷凍庫に入れておいた。

翌朝、パンをトーストにして食べた。これがめちゃくちゃうまい。ジャムなど何も塗らなくても、パンだけでおいしい。特に耳のおいしさはたまらないのである。それ以来、私はパン焼き器でパンを焼いて食べている。無添加の強力粉と全粒粉さえ調達しておけば、いつでもおいしいパンが食べられる。ちゃんとオーブンで焼いたパンにはかなわないのだろうが、私にはこれで十分だ。購入以来、何度も使った。パン作りに関しては、これは絶対に失敗しないと安心していた。それなのに私はやっぱりやらかしてしまったのである。

パンがなくなったので、いつものように材料をセットし、スイッチをいれた。ところが一時間ほどたったとき、私はふっと不安になり、台所の流しの横の棚に目をやった。くらっとした。パンケースにセットするはずの羽が、そこにあった。ということは、材料がこねられていないということを意味する。あわてて本体の蓋を開けると、パンケースの中にあるのは、とてもパン生地とは思えない、ただの水と粉だった。私はその中に手をつっこんで、手探りで羽を装着し、ついでに材料を手で混ぜた。そのうちにだんだん生地がねばりを持ってきた。ひととおり混ぜたところで蓋を閉め、あとはじーっと時間が経過するのを待っていた。

それでも何とか、パンは焼けてくれた。いつもよりも小さめで、混ざっていなかった粉がパンの周囲に付着していたけれど、味は悪くなかった。私は大失敗を予想していたのに、パン焼き器は見事、私の失敗をカバーしてくれていたのである。

「うーむ、やっぱり文明の利器はすごい」

私はあらためて、技術の進歩に感心し、

「よくやってくれた！」

とパン焼き器を褒《ほ》めたたえたのであった。

思い出のパン

戸板康二

日本ではフランスパンという呼称があった。いわゆる食パンではない。皮が固く、実（フランス語で偶然〝ミ〟という）の真っ白なのを、こんなふうに呼んでいた。ところで、フランスにゆくと、日本でいうフランスパンよりも、もっとおいしいパンがある。

パリの町を朝早く散歩していると、中年の主婦が、ブロンドの少女が、あるいは使いに出された小学生が、棒のように長いパンを持って通る。パン屋が朝売り出したのを、買いにゆくので、宵越しのにくらべて、格段にうまいのだ。あれは炭火で焼くのだそうで、むろん、どの店のがいいといった定評もあるように聞いた。

ホテルの、いわゆる寝台の上の朝食に供されるパンは、その一メートルもあるパンをはすに切って出すのだが、何もつけずに噛《か》じっても、申し分なくうまい。

日本でも、いい米だと、おかずのいらない飯といわれるが、フランスのパンはそうだ。郊外のパンも、田舎のパンもみんな、おいしい。

東京で、それと同じように焼いたパンが、それほどの味を持たないのが、どういう訳なのか。あれはパリの湿度、パリの風土で、食べなければ、だめなのだろうか。

そういえば、札幌でビールがおいしかったので、空港で大きな瓶を買って、東京に持って帰ったが、味がまるで、落ちていた。

子供のころ、伯父が郵船会社にいたので、新造船の処女航海に乗せてもらったりしたことがある。

朝、まだ床にはいっているうちに、ボーイが、コーヒーとトーストを、届けてくれる。そのトーストの、焼き加減のよかったのが、未だに忘れられない。色といい、歯ざわりといい、予《あらかじ》め塗ってあるバタの味といい、今でも思い出すほどである。

食事の味覚は、思い出すことができるのだそうで、だから、ものは食べなければ損ということになるのだが、その後、むかし、神戸と横浜の間の日枝丸で食べたトーストに勝るトーストを、一度も食べていない。これは、学生時代のこっちのレベルが低かったということでもないと確信する。

パンといえば、日本には、ずいぶん、いろいろな種類と名称がある。

菓子パンはわが国独特の発明で、とんカツと双璧だが、戦争前、一個二銭五厘の時代の木村屋の、へそに桜を入れたのが、何ともおいしかった。去年《こぞ》の雪いまいずこ。

ジャムパンは、ジャミ（ジャミとここではいいたい）が、はみ出しているのが、紙袋の外から見えるのを昂奮して眺めた小学生の頃を思う。そういう嗜好に合わせて、ジャム・ドーナツというのが、むかしのジャーマン・ベーカリーの名物だった。

戦争中家庭で作った蒸しパンに近い、甘食パン。文字通り、渦巻の形をした、うずまきパン。ジャムパンと中味だけちがう小倉パン、クリームパン、チョコレートパン。こういうのを、菓子パンと呼ぶ云い方は、食パンと区別するためである。西洋に行って、こんな結構なものがあると思うと間違いである。

昭和の初めに、街頭の売り声に、「できました、できました、三徳商会の玄米パンのほやほや」というのがあったのを記憶する。慶応にいた頃、三田にロバが引いて来る移動パン屋があった。玄米パンは、自転車を、ところどころで停めて、メガフォンで呼んでいた。

中野に、じゃが芋を原料にしたパンを売る店があった。ポンテルという。フランス語のポム・ド・テールである。

ハイカラで、すこし悲しい味のするパンだった。

一度きりの文通

岸本佐知子

高校のころ、昼休みになると学校にパン屋さんが来た。新館と旧館を結ぶ渡り廊下に台を出して、木箱にいろいろなパンを並べて売っていた。各クラスには、日直や掃除当番と並んで「パン当番」というものがあって、みんなの注文をとりまとめ、集金をしてパン屋さんに持っていき、昼休みにパンを受け取ってくるという重大な使命をおびていた。

パンを頼むには、白い専用の紙袋に自分の希望のパンと合計金額、クラスと名前を書いて、二時限目の終わりまでにパン当番に渡す。すると昼休みに希望のパンが入った袋が戻ってくる。そのパン袋を介して、いつのころからか文通が始まったのだ、パン屋さんと私たちのあいだで。

きっかけは、誰かが袋にふざけて書いた〝湯沢スキー隊長〟というペンネームだった。戻ってきた袋には流麗な赤字で〈湯沢スキー隊長殿　合計金額、惜しくも10円違っています〉と書いてあり、そこにそこはかとない茶目っ気を感じとった私たちは、袋に注文以外のことをいろいろとしたためるようになった。

雪の日に誰かが〈そこは寒くないですか?〉と書いたら、〈ストーブで何とかしのいでおります〉と書かれて戻ってきた。注文に、パンの名前を書くかわりに絵を描けば、〈メロンパンかカレーパンか迷いましたが、筋がついているのでメロンパンと判断しました〉と返ってきた。〈朝から鼻血が止まらなくて困っています。どうしたらいいでしょう〉と悩みを打ち明けた人は、〈首の後ろを冷やすといいそうです〉と親身のアドバイスをもらった。〈どうしてパン屋さんになろうと思ったんですか?　あと趣味は何ですか?〉には〈パンを愛しているからです。趣味は釣り〉とあった。中間試験や期末試験の時期になると、試験に出た数学や地理の問題を書く人が必ず一人や二人は出たが、それらが見事に解かれて戻ってくると、「おお」と尊敬のどよめきが上がった。

パン屋さんは二人いて、どちらが「赤字の人」なのかはわからなかった。内容からすると痩せた若い人のようでもあったが、字の感じは丸顔のおじさんらしくもあった。だが、誰もあえて確かめようとはしなかった。おそらく、直接言葉を交わすのは文通の流儀に反するという、暗黙の了解があったのだろう。

それに、このささやかな文通には、どこか『足ながおじさん』的な気分もあった気がする。私たちをはぐくむ素敵なパンを届けてくれる年上の男性との、あるかなきかの心の交流。中高一貫の女子校で、父親と先生を別にすれば生身の異性と接することは皆無に近かったから、ちょっとじゃれてみたいような甘えた気分も、全くなかったとは言えまい。

だが、どんなことにも終わりはある。袋ごしの文通は、いつしか沙汰やみとなった。夏休みをはさんだからなのか、来る人が代わってしまったのか、それとも私たちが卒業してしまったからなのか。そこのところの記憶はあいまいだ。

今にして思うと、ただでさえ忙しいパン業務の合間に、因数分解を解いたり、地図に湾の名前を書き込んだり、人生相談にのったり、なぞなぞに答えたりするのは、さぞや大変だったと思う。それでパン屋さんが嫌気がさしてしまったのだろうか。それとも、生徒たちと業者の間に芽生えたひそやかな交情が学校当局の知るところとなり、それとなく圧力がかかったのだろうか。二十年以上たった今も、気になっている。

という話を何人かの元同級生にしたら、「え、パン当番なんてあったっけ?」とか「パン屋さんは来てたけど一人だったよ、だいいち渡り廊下じゃなくて講堂のホールだったし」などと言われた。私は、湯沢スキー隊長は、こんなにもはっきり覚えているというのに、白い袋も、赤い達筆の文字も、雪の日の渡り廊下も。

コッペパン

佐野洋子

私は十九の時、大きな女子寮に住んでいた。たたみ一畳が敷いてあるつくりつけのベッドと机が一つ入ったら人が通るのがやっとくらいの細長い小さな部屋で、壁が白くて日が当たらなかった。マリちゃんの部屋は半分地下室で天井に近い所に窓があって、その窓から往来を通る人の足だけが見えた。

九時が門限だったので、夜遅く、その平べったい窓から、足とおしりをつっこんで、天井から降りて来る人のために、マリちゃんは肩車をしてやらなければならなかった。グラマーな友達はどうしてもおしりが入りきれなくて、それを見ていた向かいの交番のおまわりさんが、おしりを押してくれたりした。夜なきそばが通ると、マリちゃんの肩車の上でどんぶりを受け取り大急ぎでそばをすすり込んでいる間じゅう、夜なきそばのおじさんは、その窓のそばで笛を吹き続け、おじさんの足だけが見えていた。

夜なきそばが食べられるのは、大したお金持のときだけで、夜中におなかがすくと、マリちゃんと私は、音もなく食堂にしのび込んで真っ赤なのりみたいなジャムをべったりぬったコッペパンを盗んで、私のベッドにひっくり返って、ジャン・バルジャンになったみたいな気分になった。ベッドから寝ころんで見えるところに私は、アメリカの「マッコール」という雑誌から破った料理の写真を、ベタベタ沢山はった。私の部屋にそれ以外の装飾物は何もなく、花一本なかった。

脂をしたたらせたローストビーフのかたまりに銀色のナイフが、ペロリとおいしそうなピンク色をしているのを一枚、今まさに切り落とそうとしているのとか、かんづめの黒桃が、とろりとかんから出かかっているのとか、花畑のようにオープンサンドが盛大に並んでいるのとかを見ながら、私たちは盗んだコッペパンを食べた。私はなんにも食べるものがなくても、そのおいしそうな写真をながめずにはいられなかった。

暖房のない部屋で、私は電気スタンドをふとんの中にもちこみ、ふとんの中をのぞきこむと目もくらむほど明るくて、マリちゃんはアイロンを入れて、ふとんがやけてふとんはアイロン型に穴があいた。そのベッドに寝ころんで古本屋から買って来た「マッコール」をながめた。インテリアの寝室の特集で、ピンクの花もようのシーツと、ばかでかいおそろいのピロケースに私たちはおどろき、紫色の壁紙を張った部屋の、紫色のベッドカバーやその上に散らばっているグリーンのクッションにため息をついた。

それらのものは、決して手のとどかない、とどくはずのない世界だった。

時は夢のように流れて、私たちは「マッコール」よりも、もっと美しい日本の雑誌を見ている。

それは、もはや夢ではなくて、少し努力すれば、カフェオレとクロワッサンとかすみ草が朝日にすけて、白木のテーブルの上に、白い麻のランチョンマットに銀のスプーンの朝食なんか食べられるかも知れない。美しいインテリアをととのえ、吟味された食器を選ぶことは女のたしなみなのだ。私は、そんな雑誌を好んで見ながら、その美し過ぎる写真に当惑して、もっと美し過ぎると、何だか身の置きどころもなく恥ずかしくなって来てしまう。白木のテーブルにドロンワークのテーブルランナーなんか恥ずかしくて、シーツとピロケースをピンクの花模様なんかに揃えたりできない。それでも街に出れば、さからい切れない美しい品物に出会い、手に入れてしまうとき、私は心の中でうたう。「あーなあたの、過去など、知りいーたくないの」。そして、処女のふりをして、男をだまくらかしたような気になる。

そして、それを家にもちこむと、なるべく目立たないように、何気ない風に、決して、雑誌のグラビアみたいに見えないように気をつける。「マッコール」ははるかな夢であり、夢ならば恥ずかしくないのに、今見ている日本の雑誌のグラビアは、あの当時の「マッコール」を越えてはるかに美しくぜいたくであることが、私を落ちつかなくさせる。

久しぶりにマリちゃんの家に行ったら、マリちゃんは、白木のテーブルにモスグリーンのランチョンマットを敷いて、鶏のブドウ酒煮を、きれいなガラスのローソク立てに沢山の火をともしてごちそうしてくれた。

それでもマリちゃんは、やっぱりどこか、恥ずかしげに、気弱く、私は、「マッコール」のローストビーフをながめながら、コッペパンを食べた私とマリちゃんを思い出すのは、罪深い様な気がして、そのくせ、暗い廊下をコッペパン一つずつつかんで、手をつないで、しのび歩いた友情を、今でもお互いの目の中に読みとる。

草の上の昼食

林望

　私の人生で、もっとも輝かしい季節、それは、間違いなく三十代の半ばに、イギリスで過した日々だ。

　毎日仕事に明け暮れていると、じっさい苦しい、思うに任せぬことのみ多くて、心は憂愁の雲に覆われているけれど、あのイギリスの日々だけは、そこだけぽっかりと雲が切れて、燦々《さんさん》と陽光が射しているような、そんな感じに追懐されるのである。

　その頃、私はケンブリッジ大学にあって、もっぱら中央図書館での学術調査に明け暮れていた。来る日も来る日も、開館と同時に五階にあった研究室に入り、閉館まで研究を続けて帰る。まことに気の鬱《ふさ》ぐような毎日であった。

　家は、図書館から車で五分くらいの至近距離にあったが、二人の子供はまだ小さくて、上の息子は小学校の三、四年、下の娘は五歳の学齢に達したというところだった。

二人ともセント・ルークスという近所の公立小学校に通っていた。

土曜日には、図書館も昼で閉まる。日本にいると、さまざまな雑用があって、週末もおちおちとはしていられないのだが、イギリスでは、図書館から一歩出れば、雑用などは皆無で、それは、どれほど天気晴朗な思いがしたことだろう。

そこで、初夏の、晴れて気持ちの良い土曜の午後には、図書館の仕事を終えたら、すぐにその足でピクニックに出かけるのが、何よりの愉しみだった。

正午になると、外の駐車場に、妻と子供たちが車で迎えに来ている。そして、あとは、仕事のことなどまったく忘れてピクニックに出かける。

いや、そんなに遠いところに行くわけではない。もっとも愛していた場所は、ケンブリッジの隣、美しい美しいグランチェスター村であった。

グランチェスターは、二十世紀初頭に、美男で名高かった夭折の詩人、ルパート・ブルックが『グランチェスター、あの古き牧師館の村へ』という、長く美しい詩に歌ったことで、世界的に名高い村だ。

周囲は緑したたる牧草地や畠ばかり、そこに、十五世紀から十八世紀くらいに出来たと見える古い家々が、静かに佇んでいて、絵のように美しい。その村の真中を、ケム河は、緑の水を湛えてのんびりとよどみ流れ、岸辺は、どこも青草に覆われて、水鳥どもがそここに愉しそうに遊んでいる。

村の真中には、これも古い水車小屋があって石橋が架かり、そのあたりはちょっとした池のようになっている。

　私たちは、いつも橋の袂の、緑に覆われた岸辺で、草の上に敷物を敷き、サンドウィッチのランチを広げるのだった。

　サンドウィッチといっても、別段なんの風変わりなこともない。マザーズ・プライドという商標の、スーパーで売っている白食パン（でも、これが美味しいのだ！）に、ハムとかレタスとか、ありあわせの具を挟んだだけの……ああそうそう、忘れてならないのは、ブランストン・ピクルズというもの、これはイギリス独特のものだと思うのだが、ブラウンソースのなかに、賽の目に刻んだ各種の野菜が漬け込んである、とでもいおうか、ちょっと説明しにくいのだが、ともかく非常に単純で、いうなら下世話なる味がする庶民的食品である。こいつを、さらっとパンに挟んでサンドウィッチにする、それは必修科目のように作った。子供たちもみな、この田園的で垢抜けないサンドウィッチが大好物であった。

　イギリスには、マーマイトという、イーストを加工して作った、塩辛いスプレッド（オーストラリアでは同じものをヴェジマイトという）もあって、イギリス人は、このマーマイトを薄く塗ったサンドウィッチを好んで食べるけれど、私たちには、あまり美味しいとも思えなかった。

ともあれ、週末でもほとんど人気《ひとけ》のない河辺の草の上で、たわいもないおしゃべりをしながら、家族水入らずで過す時間、そんなふうにして食べた田舎風サンドウィッチの懐かしさは、また格別のものである。

もう子供たちは、みな成人して独立し、それぞれアメリカに住んで、孫たちと倖せに暮している。

願わくは、いつの日にか、孫たちも連れて、またあのトロリと緑色に淀んだケム河のほとりの草の上で、ハムに野菜にブランストンと、田園の香りのするサンドウィッチを食べたいものだ。良く晴れた、あのグランチェスターの午後に！

パンに涙の塩味

開高健

太平洋戦争が終った年、私は中学三年生であった。そのあと私は（旧制）高校、大学とすすむことになるが、いつも学校に籍があるというだけで、試験のときのほかはまともに登校したことがなく、ウヤムヤにごまかしてすごした。いまでも学生時代のこととか、何を専攻したのかなどとたずねられると、たいていウヤムヤにことばをにごすことにしている。そうするよりほかにどうしようもないのである。

父が早く亡くなったので、戦中も戦後も暮しがつらかった。母の着物を農村へ持っていって大根やイモと交換する。タンスはたちまちからっぽになる。しかし、農家の納屋へいってリュックにシャベルでイモを入れてもらっても、納屋には何の変化も起らない。牛のお尻から毛を一本抜いたくらいのことにすぎない。けれど家に帰ってみると、タンスはうつろで、母の着物はもう何着ものこっていず、それがなくなったらどうすればいいのか。

　敗戦後は飢えと孤独がしみついてしまった。戦中の孤独はどこか爽快さがあり、耐えられたが、戦後のそれは、ひたすらみじめで、よごれ、にごり、いてもたってもいられず、しかも、何の力もあたえてくれなかった。地下鉄の構内の暗がりの水たまりに顔を浸したままのたれ死している男を何人か見たことがあるが、駅員が髪をつかんで顔をあげさせ、その手をはなすと、顔は木か石のような音をたてて水たまりに落ち、そのままうごかなかった。それを見て駅員はその男が死んでいると判断し、どこからかタンカを持ってくるのだった。

　これを見て私はふるえあがった。大の男でもそうなってしまうのに、腕も肩も細くて筋肉労働ができず栄養失調でたちぐらみがし、それがこわくて風呂にもあまり入りたがらないでいるような中学生は、どうしたらいいのか。いつかああなるにちがいない。いつか私も町を歩いていて、ふとそのまま崩れ、たおれてしまうにちがいない。餓死の恐怖は寝ていても、さめていても、潮のように私をとりまき、迫ってきた。しかも戦中はみんながみんなおなじ条件におかれて苦しんだが、戦後は弱肉強食、ただ力のあるやつ、他人を踏みたおしたやつ、金と才覚のあるやつだけが生きられて、あとのやつらはただ空のしたに落ちているだけなのである。餓死もその恐怖も徹底的に私個人のものにすぎないのである。このことが私からおびただしい力を奪った。

私は学校へいくのがつらく、とらえようのない憂鬱と恐怖をおぼえた。つらいのは昼食のときになってみんながいそいそと弁当箱をとりだすのに私だけは教室をぬけだして水飲場へいき、たらふく水を飲んだあと、ベルトをギュッとしめあげる。そして三十分か一時間ほどどこかをうろつき、何食わぬ顔で教室へもどる。私はそうやってみんなをダマしたつもりでいたが、とっくに見やぶられていたようである。あるとき、朝鮮人の友人が、廊下ですれちがいしなに、

「メシのかわりに水を飲むことをトトチャブというのや」

という意味のこと、ただそれだけをふいにささやいて、去っていったことがある。あるとき、いつものようにトトチャブして教室にもどってくると、私の机のなかに新聞紙でくるんだ大きな包みが入っていて、なにげなくあけてみたら、イモ入りのふかしパンだった。その頃はメリケン粉不足をごまかすためにパンにイモを入れてふかすのがふつうであった。フクラシ粉がないと重曹を使うが、それが白くかたまった箇所にいきあたると、ホロにがい。

誰かがそのパンをめぐんでくれたのだった。そうとわかった瞬間にはずかしさとも何ともつかないショックにおそわれ、私は全身が熱くなり、顔が赤くなった。そのまま私はたって、教室からかけだした。すると、友人の一人があとを追ってきて、廊下のすみに私を追いつめ、赤い顔をしてしどろもどろに弁解した。おれの家は父も母も

健在で何とかやっていける。君のことを母に話したら、このパンを持っていけといわれた。何もいわずに食べてくれ。まずいもんやが、何もいわずに食べてくれ。よかったらまた持ってくる。

彼は羞恥に圧倒され、口がもつれ、眼が血走っていた。私とおなじほどに彼は苦しんでいたようであった。私たちは稚《おさな》くて、めぐみかたも、めぐまれかたも知らなかった。わきまえておくことばも、身ぶりも知らなかった。冬の雨がやぶれた窓から吹きこむ廊下のすみで、二人ともぶるぶるふるえつつ、たちすくんでいた。

このことを私は今年になって出版した小説に書いておいた。また、これまでに二、三度、随筆に書くということもした。けれど、またいま、書くのである。パンに涙の塩して食べる、ということばがあるが、その経験をお持ちの人になら、いくらか汲んでいただけよう。

いまは日比谷界隈の乞食がビフテキを食べているといわれる時代で、こういう挿話はディスコミもいいところ。聞かされても若者はただヘェといって困惑するしかないが、私の背にはいまだにそのときの熱がしみついて、消えないでいる。

おそらくこのことがシコリとなったのだと思うが、いよいよ私は学校へいくのがつらくなり、その冬は町の小さなパン屋ではたらいてすごした。たまに学校へいっても、友人と眼をあわすのが苦しく、何となくたがいに眼をそらしてすれちがうようになり、以後、砂粒のようにはなればなれになってしまった。

私は彼のことを思い出すと、あまり例のない感謝をいまとなっておぼえているのだけれど、どうしていいのか、やっぱりわからないで、腕組みしたままますわっている。

もう十年か十一年前のことになるが、東欧から西欧をまわって帰国し、ある日、新宿の三文映画館へ入った。映画が何であったかは忘れてしまったが、ニュースをやったとき、東北の寒村の小学校がでてきた。解説によると、その寒村では児童があまりの貧しさのため、昼の弁当を持ってこられないというのである。そこで先生はどこからか贈られた塩ザケをダルマ・ストーブで焼き、ひときれずつ生徒に配る。机に一枚ずつ半紙がおいてあり、それに先生が箸でつまんで薄い塩ザケをおいていくのである。また、場面がワン・ショットかわると、弁当を持ってこれなかった子が一人、秋の日だまりで、ぼんやり日なたぼっこしたり、ケンケンしたりしていた。カメラを向けられてその子はイジケたような、はにかんだような、ゆがんで薄弱な笑いを顔にうかべ、くるりと背を向けた。そして手をうしろに組み、肩を落として、とぼとぼあてどなく運動場をよこぎっていった。

見ているうちに私は不覚にも崩れてしまった。淡い秋の陽射しのなかでその子が眼をまぶしそうに細め、しなびきった、ひきつれたような笑いを、よわよわしく浮かべる。それが私には正視に耐えられなかった。すべて人の表情は意味の把握に苦しめられるが、この子の笑いは私には痛覚そのものであった。

いそいで私は体を起し、着なれた非情をひきよせ、鎧《よろ》おうとしたが、それより速く涙が頬をしたたりおちはじめた。

いまでもこのような〝チベット〟、〝東北悲話〟がわが国にあるのか。ないのか。私はよく知らない。芝居でも小説でも子役を使った作品はいくら感動しても質そのものは疑っておかねばならないと私は考えているので、このときの涙も疑っている。涙はいいが、質にある安易さがいけないのである。しかし、私に飢餓の経験がなければ、何事も起らなかったかもしれないのである。経験がないと感知できないことが尨大《ぼうだい》にある。けれど、経験があっても感知できないこと、これまた尨大である。経験には鮮烈と朦朧がほぼ等質、等量にある。この魔性が人を迷いつづけさせるようだ。

反対日の丸

澁澤龍彦

べつに私の家は洋風の生活をしているわけではなかったが、小学校へ入学するより以前、私はいつも昼食にはパンを食べていた。どこの家庭でも、昼食にはパンを食べるものと信じこんでいた。

食事時になると、食卓の上にバターやジャムや、コンデンス・ミルクの罐《かん》が並べられる。このミルクの罐が、私にはどうにも気になって仕方がなかった。

それはメリー・ミルクという登録商標で、罐のレッテルに、エプロンをかけた女の子が片手に籠をかかえている姿が描かれている。籠のなかに、メリー・ミルクの罐がある。もちろん、この籠のなかのミルクの罐のレッテルにも、同じ女の子が同じ籠をかかえ、その籠のなかに同じメリー・ミルクの罐がはいっている絵が描かれているわけで、以下同様であり、どこまで行っても切りがない。二枚の鏡を向き合わせたように、イメージはどこまでも小さくなるばかりで、無限に繰り返されるのだ。

　この目の前のテーブルの上のミルクの罐のレッテルに、小さな小さなメリーさんが無限に連続して畳みこまれているのかと思うと、私は何か、深淵に吸いこまれてゆくような気がしたものであった。私はしばしば食事を忘れて、じっとメリーさんを見つめることがあった。

　後年、私はミシェル・レリスというフランスの小説家が、私とまったく同じ経験をしているのを知って、おもしろく思った。『成熟の年齢』のなかに、レリスは次のように書いている。

「ぼくが無限の観念に最初に触れたのは、オランダの商標のついた、ぼくの朝食の原料であるココアの箱のおかげである。この箱の一面に、レースの帽子をかぶった田舎娘の絵が描いてあったのだが、その娘は、左手に同じ絵の描かれた同じ箱をもち、薔薇色の若々しい顔に微笑を浮かべて、その箱を指さしていたのである。同じオランダ娘を数限りなく再現する、この同じ絵の無限の連続を想像しては、ぼくはいつまでも一種の目まいに襲われていた。理論的にはだんだん小さくなるばかりで、決して消滅することのない彼女は、からかうような表情でぼくを眺め、彼女自身の描かれた箱と同じココアの箱の上に描かれた、自分自身の肖像をぼくに見せるのだった」

　おそらく、私やレリスと同じような経験を、かなり多くのひとが味わっているのではないかと私は想像する。ただ、この経験を記憶のなかに大事に保存して、無限の観念を大人になるまで生きのびさせるかどうかは、そのひとの個人的な資質によるであろう。

ミルクについては、まだ言うべきことがある。

私はコンデンス・ミルクを、バターやジャムのように、食パンに塗って食べるのが大好きだった。子供というのは、いつも変なアイデアを考え出しては喜ぶもので、

「ねえ、日の丸をつくって」

と私は母に要求する。日の丸というのは、「白地に赤く」であるから、まずパンの全面に白いミルクを塗り、その上に赤いジャムの丸を描いたものだ。そんな面倒なものをつくってもらって、妹たちに見せびらかしながら、私は得々としてパンを食べる。やがて妹たちも真似をするようになる。「あたしも日の丸……」こうして日の丸の大はやりになる。

すると私は、

「今度は反対日の丸をつくって」

と母にこっそり頼む。反対日の丸というのは、私の発明した概念で、要するに「白地に赤く」の反対、「赤地に白く」である。アンティ日の丸である。すなわち、ジャムの地の上にミルクの丸を塗ったものだ。私は新機軸を出したつもりで、得意満面に

なる。

　こんな馬鹿馬鹿しい話を聞かされて、あるいは苦々しい顔をなさる読者がいるかもしれない。いい気なものだ、とおっしゃる読者がいるかもしれない。しかし私の思うのに、幼い子供にとって、こういう精神の働きは必要なのではないだろうか。いささか大げさかもしれないが、「ココアの箱のおかげで無限の観念を知った」ミシェル・レリスにならって言えば、さしずめ私は「ミルクとジャムのおかげで弁証法の観念を知った」ということにはならないだろうか。

　私の発明になる反対日の丸については、さらに別の思い出もある。こっちのほうは、あまりよい思い出ではない。

　小学校にあがるようになって、最初の図画の時間に、クレヨンで日の丸の旗を描くことを教師に命ぜられた。私は画用紙の一方の側に、普通の日の丸を描き、もう一方の側に、反対日の丸を描いた。左右対称で、絶妙のアイデアだと自分では思っていた。むろん、私よりほかに、反対日の丸を描くような子供はひとりもいなかった。教師が教室をまわってきて、私の机の前に立った。

「なあに、この旗？」

「反対日の丸」

　私は無邪気に（自分で言うのも変だが、ほんとうに無邪気に）答えて、教師の顔を下から見あげた。教師がほめてくれるか、笑ってくれることを期待していたのだった。ところが、女の先生はにこりともせず、眉根を寄せたけわしい顔で、

「こんな旗があるものですか。これは支那の旗ですか、え？」

中華民国の旗が青天白日旗であることを私は知っていたから、何という馬鹿なことを言う先生だろう、無知もはなはだしいではないか、と思った。しかし、そんな私の不満顔も無視されて、反対日の丸の描かれた画用紙は荒々しく教師の手に奪いとられ、別の新しい一枚の画用紙が私の前に置かれた。もう一度描き直せ、という意味であった。私は泣きながら、普通の日の丸だけを描きあげた。

おそらく、教師は馬鹿にされたと思ったのであろう。私の態度に、教師を教師とも思わない、こましゃくれたところを見たのかもしれない。それにしても当時の小学校にはユーモアがなさすぎた。

当時の小学校教育の根本方針の一つは、現実に存在しないものを表現してはいけない、ということらしかった。作文においても図画においても、しかりである。私はそれを知らなかったので、最初のうち、いろいろなことで小さな失敗を繰り返した。そして、だんだんと順応していった。順応するのは早かった。

ふたたび大げさな言葉を使わせていただくとすれば、反対日の丸というのは、私の快感原則のストレートな表現であって、それが学校という小さな社会の現実原則と衝

突したのであった。たぶん、そのように考えて差し支えないだろう。

何度も衝突し何度も挫折したおかげで、私はせめて自分の内部に、ひそかに反対日の丸を守り抜いていこうという、根強い願望を育てあげるにいたった。今にいたるも、それは変っていないようである。

この稿を書いてから知ったのだが、熊本県の下筌《しもうけ》ダム建設に反対し、いわゆる「蜂ノ巣城」にこもって国を相手に闘った室原知幸《むろはらともゆき》が、やはり反対日の丸を城に掲げていたのだそうである。偶然の一致だが、私には愉快でないこともない。

クリームパン

増田れい子

戦争になる少し前、昭和九年か十年ころ、東京のまちには、ロバのパン屋さんがよくまわってきていた。

かわいいロバに、ピンクや水色で彩色した箱型のおとぎ話めいた車をひかせ、その箱車のなかには、いろんなパンがのっていた。ちりんちりんの煮豆屋さんが路地を訪れると、母親たちがいろめき立ち、ロバのパン屋さんがやはりあれは鐘の音をひびかせてきたのだと思うが、次第に近づいてくると、こんどはこどもたちが息をはずませるのだった。

ロバのパン屋さんは、とてもいいにおいがした。ロバの耳みたいにやたら長くて細い、いいにおいのするパンを、のっけていたようにも思うが、それはただの記憶違いか。遠い日のことなので、すべてを思い出すことは出来ない。ただ、ロバのパン屋さんが、少しずつ少しずつ、近づいてくるときの、胸のときめきだけは、しゃんしゃんと、音をたてて、いまもよみがえってくる。

パン屋さんは来ても、たいてい何も買わないのだった。誰か近所の子が、母親にともなわれて、その腕にぶら下がりながらパンを買ってもらう。そのわずかな時間に、たっぷり流れてくるパンのにおいに、はなをふるわせるだけでも、嬉しかった。ロバパンが来た、ロバパンが来た……と、箱車のまわりをぴょんぴょん、スキップでもしていたいような気分だった。実際、そんなことをしていた子が多かった。

晴れて、おなかいっぱい、パン菓子が食べられたのは、秋なら運動会とか遠足などの、こどもの〝もの日〟だったと思う。円錐形の帽子のような甘食、ジャムパンにクリームパン、ぜいたくして、チョコレートパンが、バスケットのなかにつめこまれた。

パン、というのは、ほんとうににおいの食べものだと思う。バスケットの籐の編目の間から、ふいと立ちのぼるパンのにおいは、運動会や遠足にはずむ気持を、いっそうはなやかにした。

パンのなかでも、クリームパンには他のパンにはない何か慫慂《しょうよう》するものがあった。クリームパン一個は、ジャムパン二個よりも、私には心のわきたつものだった。あの、グローブのかたちをしたやわらかなものを、まずはじの方から割る。クリームはない。

もうひとつのはじの方を割る。同じくクリームはない。どろりとしたカスタード風のクリームは、いつもまんなかにしかない。クリームのにおいがまた、淡く甘くしゃれていた。そのおいしいクリームの蜜は、決してあふれるほど入ってはいなくて、むしろいつもあまりに少なすぎた。

　それは、好きになった友だちが、私にかほどの友情も見せないときの、甘い悲しさに似ていた。しかし、なお友だちに対するこちらの気持はかわらない。それと同じで、クリームパンに、どんなにクリームが少量しか入っていなくても、嫌いにはならなかった。あたらしいクリームパンを目の前にすると、おそるおそるはじから割って行き、まんなかに申し訳ていどに、クリームがしのばせてあることを確認して食べ終える。そのくりかえしが、こどもの時代であった。

　戦争中、クリームパンというのにはお目にかからなかった。しかし、やはりクリームパン好きというのは、絶えなかったと見えて、いまは、どのパン屋さんに行っても、ちゃんとつくられて、売られている。

　浅草に、アンジェラスという古いコーヒー屋さんがある。ここは洋菓子が得意だが、パンもやる。あるときここで買ったクリームパンを食べておどろいた。あとからあとから、おいしいクリームがあふれるほどに出てきて、口中いっぱい、クリームのうまさでとろりとしてしまった。あとにもさきにも、こんなにすばらしいクリームパンを食べた覚えがない。

長い間の、クリームパンへの思いが、いっきょに満たされたように思った。つい二、三日前、浅草に用事が出来たので、帰途アンジェラスに寄り、クリームパンを買おうと思った。ところがない。あるのは、クリームパンとよく似たクリームホーンで、新顔である。店の人に聞くと、在来型クリームパンはもうこしらえていないといった。

すると、あの、あふれるクリームのクリームパンには、もはやあうことが出来ない、あれはただ一度の逢瀬だったのか、と、ため息が出た。

クリームパンに、クリームをあふれるほど入れると、きっと、ソロバンがあわなくなるのであろう。だから、いまだかつて、パン屋さんのクリームパンのなかに、クリームがあふれたためしがない。かんたんなことだ。戦争前も、いまもパン屋さんの事情は、根本的なところでいささかも変わっていないのだ。

ロバのパン屋さんは、車を飾りたてていたが、どこか寂しげであった。こどもたちは、買うことが出来ず、その車のまわりをとびはねて遊んだ。クリームの少ないクリームパンを食べながら、こどもは、片恋の練習をしていたのだ。こちらが欲しいほどのものは、なかなか与えられないことを、ベンキョウしていた。

片恋になれたこどもは、大きくなってもまだ、クリームパンに片恋して、ついつい買ってしまう。どんなにクリームが少なくても、決してクリームパンを嫌いにならない。ほんの少ししか入っていないことに、胸をチンと痛めることがむしろ、いさぎよい思いだ。

しょうがパンのこと

川上弘美

子供のころの話である。

そのころ、日本の家庭のおおかたにはちゃぶ台があった。おかずは煮魚焼魚きんぴらごぼうひじきぬか漬けの類だった。父親の晩酌は二級酒で、つまみはくさやだった。子供は八時には床につくべきものだった。正月には凧《たこ》をあげて羽根つきをした。ディズニーランドはなかった。プールでは多くの人が「のし」で泳いだ。

そのころ読んだ外国の児童文学の中には、わけのわからない言葉がたくさんあった。きいちごのジャム。子羊のロースト。カンゾウで編んだ籠《かご》。ライムジュース・コーディアル。しょうがパン。おおかたのものが、ちんぷんかんぷんだった。日本人は、ごくごく日本人らしい生活を送っていたのである。西欧的なるものは、まだまだ生活の中に入ってきていなかった。

きいちごっていうのは、黄色っぽい苺《いちご》なんだろか？　ローストは、トーストと似たもの？　カンゾウは、うーんと、肝臓のことかな。肝臓を乾燥させて、糸状に裂いて、それで、籠を編むのかしら。でも、なんかこう、ものすごく気持ち悪いなあ。本には「いい香り」って書いてあるけど。

さまざまに想像したが、やっぱりちんぷんかんぷん。中でも殊《こと》に不思議だったのは「しょうがパン」だ。生姜《しょうが》は、わかる。パンも、わかる。わからないのは、その組み合わせである。パンの中に生姜？

なまじ断片的な意味がわかるだけに「ライムジュース・コーディアル」にかんするようには甘美な想像は働かなかった（ちなみに「ライム……」は、雪を材料にした甘い甘い魔法の飲み物だと、幼い私は決めていた）。

しょうがパンとは何ぞや。

あんまり思い詰めたので、ついにある日私は「しょうがパン」なるものを、作ってみることにした。作り方は以下のごとし。１　生姜を用意します。２　生の生姜は辛いので、去年梅干しと一緒に漬けた生姜を、細かく切って使います。３　食パンの白い部分に、切った生姜を埋め込みます。４　おしまい。

珍妙な味がした。なんといおうか、情けない味だった。本にあるような輝かしい味はしなかった。悲しかった。とても悲しかった。悲しみながら、その日のおやつであるかたやきせんべいをぼりぼり食べ、夕食には塩辛でごはんを二膳《ぜん》食べた。全き日本の子供であった。

先日、長田弘著『本という不思議』（みすず書房）を読んでいたら、児童文学のあれこれと共に「しょうがパン」の作り方が載っていて、驚いた。しみじみ、眺めた。眺めながら、ほんの少し、悲しくなった。贋《にせ》しょうがパンを作ったときの悲しみとは、違った悲しみ。

しょうがパンをめぐって試行錯誤（？）していた幼いころと、生活は大きく違ってしまった。日本はある種の日本らしさを失った。あのころ、私はしょうがパンを知らず悲しかったが、今は、どうなのだろう。長田弘は、本の中で、楽しみのためだけにする読書の悲しさを教えているが、その悲しさに、このたびの悲しみは少し似ているかもしれない。

まあでも、しょうがパンは、作ってみようと思っている。あんなに思い詰めたことですし。

ショウガパンの秘密

長田弘

ショウガパンでつくられた動物が自由をもとめて逃げだすという物語は、イギリスや北米の子どもたちには、古くからとてもよく親しまれている物語です。ジャックと豆の木や三びきの子豚の物語などとおなじように、ショウガパンの物語は、誰もが幼年時代に出会う物語の一つといっていいかもしれません。

今日でも幼い子どもたちがはじめて手にする、絵入りのビギニング・ブック（手はじめの本）のなかには、かならずといっていいくらいショウガパンの物語がはいっていますし、また絵本の世界にえがかれることもしばしばあります。ショウガパンのかたちは、男だったり子どもだったり兵隊だったり動物だったりいろいろですが、おばあさんやおかあさんの手でつくられたショウガパンが、焼かれるまえに逃げだしてどこまでも逃げつづけるというあらすじは、どの本でも変わりません。しかし、ショウガパンは川にぶつかってそれ以上逃げられなくなり、困っているところを、キツネにたすけられます。そして、泳ぐキツネの尻尾にのせてもらって、川をわたってさらに逃げるのですが、川をわたってゆくあいだキツネにいわれて、尻尾から背中、頭、鼻のあたまへととびうつり、ようやく向こう岸についたとたん、頭をぶるんとふったキツネによって宙に放りだされて、落ちてくるところを、ぱくりと食べられてしまいます。

ショウガパンの物語が、ジャックと豆の木や三びきの子豚のように日本でひろく知られなかったのは、きっとショウガパンそのものがわたしたちにはなじみにくいものだったからでしょう。ショウガパンというのは、動物のかたちや人間のかたちにして焼いたショウガ入りの菓子パンで、イギリスや北米の幼い子どもたちの大好きなおやつの一つです。それだけに、子どもたちはおおきくなると、もう幼い子どものお菓子であるショウガパンは手にしなくなります。ショウガパンのある世界からはなれるときが、イギリスや北米の子どもたちにとっては、おおきくなってじぶんというものを意識しはじめるときです。

確かピーター・ボグダノヴィッチの映画『ペーパー・ムーン』(一九七三年)に、母親をなくしたばかりの主人公の十一歳の少女がはじめて訪れた他人の家で、その家の人から焼きたてのほかほかのショウガパンをすすめられる場面がでてきます。しかし、少女はすすめられても、けっしてショウガパンに手をだしません。少女はじぶんのことはじぶんでやってゆかなければならないのです。もうショウガパンには手をださないというその場面が、とても印象的でした。

　ショウガパンは、今日では家でつくって焼くお菓子ですが、十九世紀のはじめごろのイギリスでは、街頭で焼きたてのショウガパンを売っていたようです。おおきな帽子をかぶったショウガパン売りが、冬になるとおおきな声をはりあげて、「熱くていいかおりのショウガパンだよ！」と呼ばわって、街にショウガパンを売りにやってきました。そのころ「キラキラ星」といういまもよく知られている子どもの歌をつくったジェイン・テイラーという人が『何がなんでもショウガパン』というような歌をつくっているくらい、ショウガパン売りはロンドンの冬の街の人気者だったようです。しかし、十九世紀も半ばになると、ショウガパン売りは街頭から姿を消して、寒い地方の村の市で見かけるくらいになってしまいます。ロンドンの物売りの光景をしるした十九世紀の本を読むと、ショウガパン売りがいなくなってしまったことが、とても残念そうに書かれています。

　おそらくそのころから、ショウガパンは、それぞれの家で子どもたちのためにつくられる、母親の手づくりのお菓子になっていったのでしょう。そして、それとともに、それまではただ長方形だったショウガパンが、いろいろな動物や人間のかたちをもった楽しいおやつの一つになっていったのでしょう。このように、ショウガパンは古くから親しまれてきた子どもたちの懐かしい味だったのであり、それだから、ショウガパンの物語もまた懐かしく親しまれる物語として、イギリスや北米の子どもたちのあいだにひろく人気をたもちつづけてきたのでしょう。

『はしれ！　ショウガパンうさぎ』というのは、そうした誰もがよく知っているショウガパンの物語の懐かしい親しい記憶をもとに、ランダル・ジャレルが書いた、まったく新しいショウガパンの物語です。

ショウガパンでつくられたうさぎは、じぶんであることの自由をもとめて逃げだし、追われて逃げつづけますが、ジャレルの語るショウガパンうさぎは、キツネからも逃げおおせて、やがてじぶんのほんとうの仲間と出会います。ショウガパンうさぎが逃げだしたのは、かれらの世界からでした。『はしれ！　ショウガパンうさぎ』は、かれらの世界から逃げだしたショウガパンうさぎが、力のかぎり逃げつづけて、みずからわれわれの世界を見つけるまでの物語です。

幼い子どもの世界は、単数の一人称と二人称でできています。そのような幼い世界からぬけだして、子どもたちはいつか、新たにかれらとわれわれの世界へとはいりこんでゆかなければなりません。『はしれ！　ショウガパンうさぎ』は、そうしたやがてもうショウガパンを手にしなくなるだろう子どもたちへの、詩人の遺した、手づくりのショウガ入りの物語の贈りものでした。

ランダル・ジャレルは、ロバート・ローウェルやジョン・ベリマン、セオドア・レトキなどとともに、第二次大戦後のアメリカのもっともすぐれた詩人の一人。日本では子どもの本をのぞくと知られないままですが、『失われた世界』などの詩集、『詩と時代』などのエッセー、そしてグリム童話や『ファウスト』の英語訳など、力のこもった評判の高い仕事を遺し、国会図書館の顧問もつとめ、一九六一年には詩集によって全米図書賞を、六五年には子どもの本によってニューベリー賞をうけますが、大のスポーツ・カー好きだったジャレルはその直後、自動車事故で突然に世を去ってしまいます。

「ジャレルは言ってみればアメリカ人のハイネだった」と言ったのは、イギリスの詩人スティーヴン・スペンダーです。「かれは世界をのがれてじぶんの夢の城をきずくようなたぐいの人ではなかった。反対に、いつも世界と正面からむきあっていた人だった」。ジャレルと親しかった思想史家のハンナ・アレントは、ジャレルの死を悼んで、そう書きました。「世界と正面からむきあう」その態度は、ジャレルの子どもの本の世界にもつらぬかれています。

『はしれ！　ショウガパンうさぎ』は、原題を *The Gingerbread Rabbit* といい、一九六四年にでました。ジャレルの書いたはじめての子どもの本です。書名は、古くからのショウガパンの物語の題名をふまえたものですが、同時にそれは、一九五五年にでたJ・P・ドンレヴィーの『赤毛の男（*The Ginger Man*）』と、六〇年にでたジョン・アップダイクの『走れウサギ（*Rabbit, Run*）』という二つの物語を、読むものに思いおこさせます。『赤毛の男』も『走れウサギ』も、子どもの本ではありませんが、ともにじぶんであることの自由をもとめてどこまでも逃げつづける男をえがいて、一九五〇年代の後半から六〇年代のはじめにかけてひろく話題をよんだ物語でした。そしてどちらも、書名からも推しはかれるように、逃げだすショウガパンの物語の伝統を、その深い背景にもっていました。ジャレルのショウガパンうさぎの物語は、おそらくその二つの大人のためのショウガパンの物語のあとをうけて、そうしたかれらからの逃走の物語のあとの物語を、われわれにたどりつくまでの物語として、寓話のかたちで語っている。わたしにはそんなふうに思えます。

『はしれ！　ショウガパンうさぎ』は、「ちいさなメアリに」ささげられています。ちいさなメアリというのは、メアリ・フォン・S・ジャレル夫人で、ジャレルとメアリ夫人は幼なじみでした。テネシー州のナッシュヴィルに生まれたジャレルは幼いころ父母が離婚したために、母や弟とわかれて、父にひきとられて祖父母と、カリフォルニア州のハリウッドの町で孤独な日々をおくっています。図書館で一人過ごし、テニス・コートでバックボードにむかって一人打ちし、そして鍵をかけた部屋に一人閉じこもって、ぼくはおおきくなった、とジャレルは『失われた世界（*The Lost World*）』という詩集に書いています。

そうした少年の日々に、ジャレルはちいさなメアリに出会ったのでした。『はしれ！　ショウガパンうさぎ』についてメアリ夫人の誌している回想（*His Story for Children*）は、ショウガパンうさぎの物語がどんなふうにジャレルのなかにはぐくまれたかを語るとともに、ジャレルという詩人の横顔を伝えて、読むものをいっそう親しみぶかく、わたしたちの同時代の物語にほかならないこの新しいショウガパンの物語の世界に近づけてくれます。

「子どものとき、ハリウッドで日々を過ごしていたころ、」と、メアリ夫人は誌しています。

「ジャレルは一ぴきのうさぎを飼っていて、とてもかわいがっていました。大人になってからもずっと、ジャレルはうさぎには特別の気もちをもちつづけていました。マサチューセッツ州のケープ・コッドで夏を過ごすようになったとき、わたしたちは、町はずれのあるおおきな家の庭に、いつも夕暮れちかくになると、何びきかのうさぎがでてきて、草のうえでぴょんぴょん跳びまわっているのを見かけました。夕食のあと、わたしたちはそこの庭の見えるところまでドライヴしては、静かにそっと車をとめて、双眼鏡で、楽しそうなうさぎたちをよく眺めたものです。夕暮れちかい日の光が、うさぎたちのふさふさした毛を、金色にかがやかせていました。そして、うさぎたちの耳は、日の光にきれいな薄桃色に透きとおって見えました」。

「ノース・カロライナ州のグリーンズボロのわたしたちの家は、森のなかにありました。砂利を敷いた道を車でゆっくりと下りてゆくと、ヘッドライトのまえを一ぴきのうさぎがさっと跳びだしてきては、走ってゆくのが見えました。うさぎが跳びだしてくるのはいつも春だけでしたが、わたしたちはいつもいつも、うさぎが跳びだしてくるのではないかと、目をこらしていました。うさぎはわたしたちのとっておきの楽しみでした。うさぎを見つけると、ジャレルはいつでもおおきな声で言いました。ごらん。あそこにいるよ。なんてかわいいやつだろう。そんなときわたしたちは、じぶんたちを、ジャレルの大好きだったドイツの古い民話の世界に暮らす一組の夫婦のように感じたものです」。

「『はしれ！　ショウガパンうさぎ』は、子どもたちのために書かれた本ですが、ジャレルの大人のための本がそうであるように、それはジャレルがじぶん自身のために書いた本であり、じぶん自身について書いた本でした。この物語をしっかりとささえているのは、何にもまして〝おどろき〟を楽しむこころであり、ジャレルは〝おどろき〟をよろこびとし、大切にした人でした。そしてそれは、ジャレルの書いたどの子どもの本よりも『はしれ！　ショウガパンうさぎ』において、ずっとシンプルにみずみずしく書かれています。こんなふうにジャレルが明るく〝おどろき〟そのものを楽しむことのできた本は、他にはありません」。

「ジャレルは『はしれ！　ショウガパンうさぎ』を書くことによって、じぶんでもそれまで思ってみなかったような新しいレベルでの〝おどろき〟を知ったのでした。それはわたしにとっても、おなじでした。ジャレルはこの物語を、ずっと庭で書きつづけていました。書きあがって、わたしを庭によんで、この物語をジャレルが読んでくれたとき、わたしはこの物語をささげられたちいさなメアリとして、物語のなかのもう一人のちいさなメアリとまったくおなじことを言いたかったことを覚えています。——うわあ、すてき。ほんとうにびっくりしちゃった。こんな気もちって、はじめて」。

　さて、肝心のショウガパンのつくり方ですが、ショウガパンをつくるのに特別ひつようなのはジンジャー・パウダーと、それから糖蜜（モラセス）です。ショウガパンのつくり方はいろいろあるようですが、これは、北米の伝統的なつくりかたの一つ、ニューオーリンズ・スタイルというのです。味を舌でためしてみてください。簡単な正方形のショウガパンのつくり方です。

用意するもの　⑴ショートニング¾カップ　⑵赤砂糖¾カップ　⑶卵２コ　⑷糖蜜¾カップ　⑸ふるった小麦粉２カップ半　⑹ベーキング・パウダー小さじ２杯　⑺ジ

ンジャー・パウダー小さじ2杯　(8)シナモン小さじ1杯半　(9)丁字小さじ½　(10)ナツメグ小さじ½　(11)重曹小さじ½　(12)塩小さじ½　(13)お湯1カップ（この場合の1カップは二四〇 cc入りのものです）

つくり方　ショートニングと赤砂糖をボウルにいれて、かるくふわっとなるまでよく混ぜて、クリーム状にします。そこに、かきまぜた卵を一度に入れます。糖蜜をくわえて、さらによく混ぜます。のこりの材料（(5)〜(12)）は一緒にふるって、ふるったものとお湯とをかわりばんこにさきのボウルのなかにいれて、よくよく混ぜあわせます。そして、よく油をひいて粉をふった焼き型（22・5×22・5×5センチ）に流しこみます。あらかじめ温めておいたオーヴンにいれて、摂氏一八〇度で四〇分から四五分くらい、指さきでさわって中央がくぼまないようになるまで焼きます。オーヴンからとりだしたら、一〇分ほどさまして型からはずします。あとはケーキラックでさましで、できあがり。ホイップ・クリームかレモン・ソースをそえて食べてもおいしい。動物や人間のかたちにつくりたいときは、生地をもっとずっと固めにつくります。そして、のし板のうえでよくこねてから、好きなかたちにつくって、天板にのせて、オーヴンに入れます。この場合は、厚さによってオーヴンの時間を加減しなければなりません。

パンを踏んで地獄に堕ちた娘

米原万里

生涯に百五十六編もの童話を書き残したアンデルセンには、『親指姫』や『雪の女王』のような、これぞメルヘンの王道ともいうべきハッピーエンドの冒険譚と並んで、『人魚姫』や『鉛の兵隊』や『マッチ売りの少女』のような、思い起こすたびに、可哀想で救いがなくて、いつまでも悲しみが尾を引くような物語や、『裸の王様』や『醜いアヒルの子』のような、人生の皮肉が折り込まれた教訓説話など、実に多彩な作品群がある。もちろん、恐い話もあって、その代表格が、『パンを踏んだ娘』ではないだろうか。

少女時代に初めてこの物語を聴かされたのは、ラジオの童話朗読番組だった。水たまりで靴を汚すのが嫌なばかりに、真っ白なパンを踏み台にしようとした娘が、パンを踏んだとたんに、ズルズルとぬかるみに足がのめり込んで、そのまま地獄に堕ちてしまうという話。

「キャーッ」という娘役の女優さんの発したそのときの叫び声は耳に焼き付いてしまい、わたしはその後三年間ほど、水たまりに出くわすと、どんなに面倒でも遠回りをしたほどである。


さて主人公は、生まれつき傲慢で性悪な娘。虫の羽や脚をもぎ取って喜ぶような残酷なところがある。でもずば抜けた美貌に恵まれていたため、金持ちの家に奉公に出され、可愛がられて贅沢《ぜいたく》を覚え、さらに鼻持ちならない性格を増長させてしまう。

貧しい親を恥に思っていて、全くかえりみないでいたものの、奉公先の奥方に言われていやいや親を見舞いに帰って来ることになった。奥方は、真っ白でフワフワのパンなど、タップリ土産を持たせてくれる。

くだんの事件が起こるのは、娘が親の家に向かう道すがらでのこと。結局、パンが足にくっついたまま身動きできない状態で、娘は地獄に閉じ込められてしまう。


ヨーロッパにおいては、どうやら白いパンは金持ちしか常食できない贅沢品で、一種のステータス・シンボル。貧しい庶民は黒パンしか食べられなかったらしい。

そういう知識を、この物語は、幼いわたしに授けてくれた。また、親から常々言われていた「米を粗末にしたら罰が当たる」という戒めの「米」を「パン」に置き換えて了解もした。

日本で米騒動が起こるように、パンが食べられなくなると、暴動や革命が起きる。フランス革命が勃発したときに、「あの者たちはパンが食べられないと怒っておるのでございます」という従者の説明を受けた王妃マリー・アントワネットが発した「まあ、パンが食べられないのなら、菓子パン（ブリオーシュ）を食べればよろしいのに」という言葉は、つくり話ではあろうが、瞬く間に広まった。

革命の原因となった桁違いの身分差を象徴しているからだろう。その後、王妃は断頭台の露と消えており、パンを軽視して地獄に堕ちるというパターンを踏んでいる。

ロシア革命に民衆が馳せ参じたのも、もとはといえば、第一次大戦に多数の農民が動員されたために農村が荒廃疲弊して、パンが食えなくなったためだ。帝政ロシアもまたパンを軽視して地獄に堕ちたのだ。

続いて成立した臨時政府もまた、戦争の終結を決断できずに、農村の荒廃と都市部の飢餓を野放しにしたままだったため、たちまち地獄に直行した。わずか八カ月の寿命だった。

だからこそ、レーニンが、国民を改革に結集させるために掲げたスローガンは、

「国に和平を、農民に土地を、勤労者にパンを、労農評議会に権力を」だった。一九一七年十一月の革命に勝利すると、約束通り、大戦から無条件で離脱し、土地を農民に与えた。

ところが、世界三十三カ国が革命鎮圧のために干渉軍を送り込む。革命と反革命が血みどろの死闘を繰り返す大地で、将来に不安を抱く農民は収穫を抱え込み、都市市民は飢餓に苦しむことになった。

やむなく、革命政権は、農村地帯に武装した穀物没収部隊を送り込む。こうして生まれた革命政権のパンを生産する者に対する不信感こそが、その後の暴力的な農業集団化政策の推進要因になったのだろう。その過程で、抵抗した多くの篤農家が粛清されている。結果的に、ソビエト農業は壊滅的な打撃を受け、革命前には小麦を輸出していた農業国は、小麦輸入国に転落する。

それでいながら、ソビエト連邦は革命の理想である「誰でもパンが好きなだけ食べられる社会」でありつづけようとした。国庫の貴重な金塊を使って、集団農場や国営農場に補助金を出しつづけ、一方で外国から小麦を購入しつづけた。パンの市価を極端に安く抑えるために、差額補塡をやめられなかったのである。

その結果、人々は、ただ同然のパンを思いっきり粗末に扱うようになった。食堂や製パン工場は、家畜の餌用穀物より安いパンを畜産農場に横流しするようになったし、市民は、ちょっと硬くなったパンを平気で捨てるようになった。

それは、ご存知のように、国家財政を破綻へと導き、ソ連邦は崩壊した。地獄に堕ちたのである。

翻って、わが日本。米作りは、工業製品の輸出を最優先させて戦後経済を推進してきた政策の最大の犠牲者だろう。減反と補助金行政で、農民の自尊心は深く傷つけられている。

日本が地獄に堕ちる日も、そう遠くない気がしてきた。

バゲット

四方田犬彦

小学校に通っていたころ何が一番の苦痛だったかといえば、給食だった。四時限目が終わると、給食の当番の生徒たちが誇らしげに白衣を身に付け、調理室から巨大なバケツをいくつも運んでくる。わたしはそのときが一番憂鬱な時間だった。

白いアルミの椀に注がれた脱脂粉乳と、二枚の生の食パン。パンにはマーガリンやチョコレートバター、ときにピーナッツバターが塗り付けられ、生徒たちはそれをつい先ほどまで授業を受けていた同じ部屋で、三〇分ほどの時間のうちに食べ終わらなければならない。遅くまで食べている子供がいると、もうその目の前で掃除が始まっているのだった。食器はといえば先が割れたスプーンで、これはフォークの役目もはたす重宝な発明だと説明されていた。わたしにとって給食とは屈辱の体験でしかない。とはいえあのような奇怪な献立であったにもかかわらず、パンに付けられたマーガリンの量をめぐって真剣に対抗意識を燃し、何人分もの脱脂粉乳を譲り受けて満足そうに飲んでいた坊主頭の子供がいたということが、いまだに信じられない。

この埃っぽい集団での昼食のおかげで割りを食ったのが食パンである。わたしは食パンを配られるやいなや、端を少し齧《かじ》るとただちにランドセルの小さい方の袋に押し込んでしまい、早々と食事を終えたふりをするという策略を考え出した。黄色や茶色のバターの染みのついた食パンは、家へ帰る途中にある池にそのまま放り投げた。池ではわたしの到来を察知して、いつも魚たちが待ち構えていた。もっとも何かの都合でこの喜捨を忘れてしまった場合、食パンは何日もランドセルに詰め込まれたままで、ついには薄緑色の黴を生やし、さらにその上から新しいパンを押し込まれることになった。

一二歳のときわたしはO・ヘンリーに『古パン』という短編があることを知った。婚期を逸したパン屋の娘のところに、毎日のように古パンを買いに来る青年がいる。青年は無名の画家で、ひどく内気なのか、娘とろくに言葉を交わすことなく、古パンだけを買うとただちに下宿に引き返してしまう。娘はいつしか空想のなかで、青年が無名ではあるが天才的な画家で、ただ貧しさのあまりに新しいパンを買うことができないのだと思い込む。もっとも事実は逆で、青年はシニックな道楽息子で、キャンバスに描いた絵に微妙な陰影をつけるため、古パンを消しゴム代わりに用いているだけなのである。娘はそれを知らない。あるとき彼女があまりに幸福そうな顔をしているので、父親のパン職人が理由を尋ねる。すると彼女は答える。今日もあの人が古パンを買いに来たので、パンの内側にべっとりとジャムを塗っておいてあげたのよ。

そうだ、そうだったのだと、わたしは快哉を叫んだ。やはり食パンなどというものは人間の食べるものではなかったのだ。あれは消しゴムだったのだ。それ以来わたしは食パンのことを「消しゴムパン」と呼ぶことにした。消しゴムをどうして食べることができようか。

こうして開始されたわたしのパン一般に対する偏見がようやく幕を閉じたのは、中学校に入ってしばらくしたころである。台所にオーヴンを備えた母親が、クロワッサン作りに夢中になったことが、わたしの回心の契機となった。焼きたてのクロワッサンは、わたしがそれまで知っていたコッペパンとも、お菓子パンとも、揚げパンともまったく違っていた。それは口に含めばあっという間に溶けてしまう、さながら妖精のような食べものなのだ。クロワッサンが夥《おびただ》しいバターを用いたものであることは、母親が台所で調理をしている間、ずっとバターが溶けるときのあのえもいえぬ香りが家中に漂っていたことから、容易に理解できた。わたしは一七歳のとき高校をやめてやろうと決心し、銀座七丁目の裏にあるケーキ工場に働きに出たことがあったが、今にして思えばマドレーヌやケーキが焼きあがるときのあの芳香に、無意識のうちに導かれていたのかもしれない。

バゲットがいつごろから日本でも普及するようになったのかを、わたしは正確には憶えていない。だがこの細長いだけのぶっきら棒のフランスパンが美味しいと気付いたのは、二〇歳代の中ごろである。物価が高くバナナばかり食べていたロンドンを切り上げ、わたしはパリに到着した。バゲットは東京でわたしが知っていた、妙にフワフワとして着ぶくれをしたようなものとは決定的に異なっていた。痩せて無愛想に見えながらも、どこか禁欲的に食卓の全体を見守ってくれるようなパンだった。わたしはパン屋で行列をしてバゲットを買うと、その先端を齧りながら街角を歩くことの愉しみを覚えた。パリのバゲットは表面が硬く、最初のうちは口のなかを傷つけてしまうことがある。だが慣れてしまえば、これほど気楽で信頼できるものもないような気がした。バナナからバゲットにというのが、当時のわたしにとってロンドンからパリへ移動したことの意味だった。

バゲットの全体に細長く切れ目を入れ、それを軸として切り口が背中側でくっつくまでに折り曲げる。こうしてすっかり開ききったバゲットの内側にべっとりとマスタードを塗り、薄切りにしたトマトやら玉葱やらを並べ、（もしそのようなものがあれたところで、バゲットの両端を思いっきり閉じ合わせるよう力を加える。こうして盛りだくさんとなったところで、バゲットの両端を思いっきり閉じ合わせるよう力を加える。パリのカルチェラタンではこうして膨れ上がったバゲットのサンドウィッチが堂々と店先に並べられていた。それを一本買うだけでわたしには充分に贅沢な昼食となった。サンドウィッチといえばロンドンで食パンに薄切りの胡瓜《きゅうり》を挟んだだけの貧相なものしか知らなかったわたしにとって、これは革命的なことだった。今でもバゲットを買うと、自宅でそれを真似て作ってみることがあるが、そのたびに初めてパリの地を踏んだときの、心が躍るような気持ちが思い出されてならない。

日本で美味なバゲットを見つけることがどうして難しいかという問題は、ひょっとして大気に含まれている湿気に関係しているのかもしれない。パリのからからに乾ききった気候は、バゲットにもっとも向いているように思われる。だがそう考えた瞬間に、ヴェトナムで食べたバゲットの美味さが思い出されてくる。長らくフランスの植民地であったサイゴン（現ホーチミン）に旅行したときにホテルの朝食に出たバゲットに、わたしは思わず「これはパリだ」と叫びそうになった。どこまでも続く水田の間を車で移動しているときにも、埃っぽい車道のかたわらの露店でバゲットを何十本も立てて売っている女性をよく見かけた。ヴェトナムではバゲットにニョクマムを塗りつけ、コリアンダーを挟み込んでサンドウィッチにする。いかにもその土地に似合った食べ方だが、実はこれがステキに美味なのである。そのヴェトナムが高温多湿であることを考えてみると、同じく高温多湿な日本でのパリジャンやバタールが美味しくない理由がつかめなくなる。そもそもバタールとはフランス語で、どこの馬の骨ともつかぬという意味ではないか。

だがここで補助線をイタリアにまで伸ばして考えることをしてみよう。その国々においてパンという日常の食べものについての基本的な考えがいかに異なっているかを、フランスの隣国を例にとって比較してみたいのである。

イタリアに住んでいたころどうしても納得がいかなかったのは、料理もワインもかくも豪奢な魅惑に満ちているというのに、パンにかぎってどうしてその魅惑に与ることがないのかということであった。あるときわたしはボローニャのパンがあまりにモソモソとして重たげなのに閉口し、何ものせていないピッツァの生地をそのまま焼いたものを朝食代わりに食べることを思いついた。これならばカリカリとしていて単純であり、前夜の夜更かしに疲れた胃に負担がかからずにすむ。

なるほどイタリア人は創意工夫の精神に長けている。片時もじっとしていない。五本の指の形をしたパンを焼いて見せたかと思うと、それを人間の顔に変形させたり、さまざまなデザインの実験を心がける点ではたいしたものである。ローマのバールに午前中に入ったとき驚いたのは、人々がアイスクリームを挟んだコッペパンを平然と朝食として食べている光景であった。イタリア人は、これが美味しいと思ったらどんなことでもする。だからクロワッサンの背中にべっとりとクリームを塗りつけたり、さまざまな詰めものをしたパニーニを考案することに夢中になる。傑作だったのはわたしが住んでいたボローニャの駅のバールに、コッペパンの真中に切れ目を入れ、茹でたスパゲッティを挟みこんだパンを発見したときだ。これではまるで日本の焼き蕎麦パンではないか。思わず懐かしくなって、つい買ってしまった。

だがフランスを頂点とする三角形を想定してみたとき、イタリアと日本が見せるこの類似には興味深いものがある。どちらの社会も圧倒的に「おまけ」文化を基礎に成り立っているのだ。かつての日本の少年雑誌がそうであったように、現在でもイタリア版の『マリ・クレール』にはかならずといってよいほどおまけがついている。英会話カセットや化粧用のオリーヴオイルなどが、ビニールでコーティングされているのだ。週刊誌にＤＶＤが一本付着していることさえ珍しくない。

話をパンに戻すと、イタリア人も日本人も、パンが焼きあがったまま素朴に並べられているという単純な事実に耐えられないのではないだろうか。この穴の窪みにカスタードクリームを詰め込めばもっと美味しくなるだろうとか、表面にチョコレートクリームを塗りつけて焼けばもっと愉しくなるだろうとか、いろいろと弄《いじ》くっているうちに、パンそのものが食卓の上ではたしている本来の役割を忘れてしまって、せっせとそれをお菓子に作り直しているのではないだろうか。そう考えてみると、現在の日本のパン屋とは結局のところ、さまざまなお菓子パンの集合地にすぎないと判る。バゲットはそこでは歩が悪い。なぜならばそれは本質的にゼロ度、つまりいかなる属性ももたずに食事のさいにかたわらに控えているパンであり、禁欲的であることがつねに要求される脇役だからだ。しかし日本のパン屋はバゲットにもいろいろな化粧を施して、バター分を多くした、ひどく柔らかいパンの化物を考案することになる。おまけ志向、お菓子志向がバゲットの本質を殺してしまうのである。

バゲットに対抗できるパンがもし地上にあるとすれば、それは何だろうか。もちろん間違ってもそれが本章の冒頭で述べた「消しゴムパン」であるはずもない。だが強力なライヴァルは存在している。中近東から北アフリカにかけて一般的なホブズである。

ホブズはピタという英語名の方が有名かもしれない。時代を遡ればインドのナンやイタリアのピッツァとも起源をともにする、直径二〇センチほどの円形のパンである。小麦粉に塩と少量の砂糖を混ぜ、イースト菌を用いずに焼いて作る。モロッコでもパレスチナでも、わたしは朝早くに子供がパン屋に行って、その日のピタを竈《かまど》のなかで焼いてもらうところを見かけたことがあった。家柄によっては祝宴のさいに供するピタの表面に、わざわざ家の徴を刻印してもらうこともあるようだ。

焼きあがったばかりのピタはパンパンに膨れ上がっていて実に香ばしい。手で千切ると簡単に萎《しぼ》んでしまう。その窪みに肉やらスライスした玉葱やら香草やら、何でも突っ込んで口にすると、もうそれ以上何もいらないという気になる。だが何もなくとも、オリーヴオイルにセージを混ぜて小皿に入れ、ピタを千切ってはそれに浸して食べるだけで充分なのだ。ベイルートの大学に赴いたときには、昼食のたびごとにこのフカフカと焼きあがったピタが脇皿に山盛りに積み上げられているのを見ると、嬉しくてしかたがなかった。ところが人気のない食堂に入ると、焼いて相当に時間の経ったピタが卓に出されることがある。冷えて萎《しな》びたピタにはバゲットにない陰気さがあり、見ているだけでこちらの気力が失せていくところがあった。

テルアヴィヴに滞在していたころ、知り合いになって招待されたユダヤ人の家庭で、ピタ製造器なるものを見せられたことがあった。大き目のトースターほどの器械で、水で溶いた小麦粉を注ぎ込み電気のスウィッチを入れると、二分ほどでピタが焼きあがって飛び出してくる。そのときは即座に自分でも買って帰ろうと決意したが、日本では変圧器を接続したり面倒な手間がかかるのではないかと思い直し、電気屋の店先で決心がつかなかった。イスラエルを後にしてしばらくし、やはり買っておくべきだと考え直し、ベイルートやアンマンで電気屋を当たってみたのだが、アラブ諸国ではピタはどうやらパン屋が焼くものと相場が決っているのか、どこにも見当たらなかった。

ベイルートでは思いがけない幸運に出くわすことがあった。映画監督の足立正生の夫人の実家で最後の夕食をしていて、レバノンで一番美味しかったのはピタだと口にしたところ、一家で一番若い娘が翌日に空港まで見送りに来てくれたのだった。彼女はビニール袋にいっぱいの、焼きたてのピタをわたしに渡してくれた。

フランスパン―*le pain de l'égalité*

鹿島茂

対談の最中、突然、話題を変えてしまうことがある。文章でもすぐに「ところで」と書きたくなる。前の話題と次の話題は頭の中ではつながっていて、最後には元に戻る予定の「脱線」なのだが、とにかく、いったん話のベクトルを変えたくなる。どうも私の思考のくせらしい。フランス語ではこんなとき「ア・プロポ」という。このコラムは、いっそ居直って「ア・プロポ」の流儀で通してみようかと思っている。

さて、いま、私は右手でワープロを打ちながら、左手でフランスパンをかじっているが、表面が硬く中が柔らかいこの極上小麦の白パンが「フランス国民のパン」となったのは、じつはそれほど昔のことではない。

フランス革命のときからである。しかも、かなり人為的にそうなったのである。一七九三年の十一月十五日に布告された国民公会の法令の第九条にはこうある。

「フランスのすべてのパン屋は、ただ一種類の良質のパン、すなわち平等パンだけを作るものとする。違反した場合は禁固刑に処する」

この第九条は、同第八条「富裕と貧困は平等の体制からは消滅すべきものであるがゆえに、金持ちは極上小麦の白パンを食べ、貧乏人はふすまパンを食べるということがあってはならない」を受けたもので、フランス革命が、小麦の凶作による白パン不足に端を発したことを考えれば、それほど理不尽な法令とはいえず、革命のもっとも切実な欲求を汲みあげたものと見なすことができる。パンに始まった革命をパンで解決しようとしたわけである。

もちろん、その後の歴史において、国民公会の法令がそのまま現実になったわけではない。十九世紀の後半まで、農民や労働者たちは、長いあいだライ麦パンやふすまパンで我慢しなければならなかった。しかし、革命によって、いわば「上から」良質のフランスパンを食べさせられた民衆の舌は、二度とその味を忘れることはなかった。なんとしても、白パンを食べたい、たとえ革命を起こしてでも……。十九世紀に、何度となくバリケードを築いた民衆は、必ずしも平等の理念からだけ行動したわけではなく、むしろ「平等パン」の舌の記憶によって、革命へと駆り立てられたといったほうが正確なのかもしれない。

こうした成立事情があるためか、フランスではパンの長さや重さが法律で決まっている。棒パンのバゲットは長さ八十センチ、重さ三百グラム（以前は二百五十グラム）。ただパンとだけ呼ばれる巨大なパン（通称パン・パリジャン）はちょうど一キロあり、要求があれば定められた価格で目方売りしなくてはならないことになっている。

パンと革命。この関係はフランスではいまだに現実的なのである。

サンドイッチとカスクルート

玉村豊男

フランス語では、サンドイッチのことをサンドイッチという。英語を、そのまま借用しているわけだ。サンドイッチというのはサンドイッチを発明した英国のサンドイッチ伯爵の名に由来しているのだから、いくら自国語の誇り高いフランス人も、これぱかりは自己流にいい換えるわけにはいかないらしい。

ただし、パリのカフェなどでただ〝サンドイッチ〟と注文すると、出てくるのはあの長いフランスパンのあいだに具をはさんだもの。英国風の食パンにはさんだやつは、〝英国風に〟とか〝食パンで〟とかわざわざいい添えないとつくってもらえない。言葉は借りても実質では譲らない、というフランス人気質のあらわれでもあり、またそれだけサンドイッチという食べものが日常に深く浸透している証拠でもあるだろう。

サンドイッチに代わる言葉としては、

「カスクルート casse-croûte」

というフランス語がある。

クルート croûte は、パンの皮の硬いところ、とくに日が経ってカチカチになったフランスパンを意味する。それを歯で嚙んでパリッと壊す（casser する）……というのは、要するにそこらへんにあるものでとりあえずメシを済ます、腹ごしらえをする、ということの俗語表現だ。カスクルートは、だから〝小腹ふさぎメシ〟といったニュアンス。フランス人は、フランスパンになにかをはさむかのせるかしたものを、〝カスクルート〟というのである。

近年は、パリにもハンバーガーやピザ、フライドチキンなど、アメリカ風のファースト・フードの店が増えてきたし、音楽もファッションも、とくに若者は英米志向。英語の流入でフランス語が乱れている、と年寄りがおかんむりなくらいだから、

「On va casser la croûte ?――パンのカケラでもかじるか（簡単にメシでも食おうか）」

というふうに使われることはあっても、サンドイッチのことをカスクルートと呼ぶことは少なくなった。

その点、純正なフランス語（あるいは、古い表現）はむしろ植民地のほうに残っているようで、以前チュニジアを旅行したときには、しきりにカスクルートという呼びかたを耳にした。

チュニジアは、アラブ人の住むアラブ文化圏だが、長いことフランス人が植民していたので、パンにしても、イーストがほとんど入らない平たいアラブ・パンの他にフランス風の長パンがよく食べられている。その長パンのサンドイッチが、カスクルートという名で、街のあちこちの屋台で売られているのだ。

このカスクルート・サンドイッチは、実に豪快で、いかにも地中海の香りに満ちた美味。つくりかたはこうである。

まず、フランスパン（普通のバゲットよりも大型のやつ）の半分を、タテに二分する。

二分した一方のほうの、パンの中身をほじくり出す。つまり、まわりの皮だけ残して中の白いところをむしって捨ててしまい、真ん中の窪んだ船のような恰好にしてしまうのである。

その窪みに、オリーブ油をまんべんなくたらす。

それから、ツナ（マグロの油漬け）とタマネギ（ナマのみじん切り）とトマト（完熟したやつのスライス）を、その窪みに詰め込み、その上からもう一度ツナをのせ、そこへ黒く熟したオリーブの実と、青くて長い、やたらに辛い唐辛子を数本、指先で押し込むようにしてのせて、最後にもう一度全体にトローリと濃厚なオリーブ油をたらす。で、上からもう一方（こっちのほうも少し中の白いところをけずっておく）をかぶせてサンドイッチにするのである。

長いパンの半分といっても優に三〇センチはある。窪みがつくってあるとはいっても、具は大量だからパンのわきからハミ出していて、全体の太さは両手でかろうじて保持できるかどうかというサイズ。これをサンドイッチ風に食べるには、アゴが外れるほどの大口をあけてエイッと噛み切らなければならないのだが、バター代わりのオリーブ油と、オリーブの実の塩味、唐辛子の辛さがうまくミックスして、海風に吹かれながら食べると最高。ただし一本を食べると超満腹になってしまい、とても〝小腹《カス》ふさぎメシ《クルート》〟どころの話ではない。

サンドイッチ諸島

池澤夏樹

アメリカ文化圏で一番おいしいのはサンドイッチだと今回の旅でまたも確認した。それ以上おいしいものは食べなかったような言いかただが、事実それに近い。ともかく、どんな田舎のどんな店で買っても、アメリカのサンドイッチは絶対に信用できる。これに缶ビールがあれば完璧な昼食になる。

サンドイッチというのは単純にして明快な食べ物である。よい素材を選んでよいパンに挟む。それ以外に工夫の余地がない。つまり、余計なことをして素材を駄目にする危険がない。こういう話は具体的でないと意味がないから、スパゲッティのことを考えてみよう。ニューヨークの一流イタリア料理店ならばともかく、アメリカの普通の町の普通の店でスパゲッティを注文するのは考えものだ。実によく火の通った、消化のいい、柔らかな麵が、いかにも工場味の軟弱なソースやらミートボールやらにまみれて出てくる。焼きうどんだってもう少し歯応えがある。カルチャー・ギャップという言葉が頭に浮かぶ。

だからアメリカ人は……と言ってはいけない。パスタを注文した方が悪いのだ。アメリカのメニューには料理の内容が懇切丁寧に書いてある。素材も料理法もすべて説明してある。その説明の範囲で最悪のルートをたどったものが皿に載って来たとしても、それは向こうの責任ではない。サンドイッチだったら素材を駄目にする危険がないというのはそういう意味。

その素材から数えてみよう。パンは白いパンだけでなく、ライ・ブレッドや、ホウルウィートという茶色い全麦のパン、もっと固いバゲットのようなパンもある。そこにバターやマヨネーズ系のサンドイッチ・スプレッドを塗って、肉類ではハム、ローストビーフ、ターキー、チキン、ベーコン、ツナなどからの選択があり、それを野菜の側からレタスとトマト、最近の流行ではアルファアルファのモヤシやアヴォカドなどが応援する。その上にチーズ類のチョイスが何種類もあって、ピクルスの類がある。これが基本で、まだまだバラエティーは広がる。

その他に温かい方面がまた豊富。つまりホットドッグからハンバーガー、ステーキ・サンド系統の選択肢が無限ともいうべく展開されるのだ。素材に手を加えない方が安心という方針からいうならば、温かい系統のサンドイッチは時として失望を招くことがある。熱さという別の味の要素が加わるのに冷たいのと同じポリシーで作るから、どうしても味が濃くなる。

なぜ日本のサンドイッチはおいしくないのか。理由は簡単で、誰もサンドイッチというものを本気で作っていないからだ。喫茶店でもレストランでも、ごく薄いパンの間にごく薄いハムが挟まっていて、それだけ。テーブルの飾りぐらいにしか思っていない。サンドイッチを食べる人には、一食を手軽に済ませるという引け目のようなものがある。それを押し返して食べる人を感心させる鍵はただ一つ、量感である。厚いパンの間に挟まれた数十枚のハム、ステーキ一枚を上回る量のローストビーフ、大口を開いても上の歯と下の歯の間に収まらないぐらいの厚み。これがサンドイッチである。

戦後、日本人が初めてサンドイッチの威力を知ったのは、『ブロンディ』というアメリカ直輸入の漫画だった。金髪ゆえにブロンディと呼ばれているアメリカのサザエさん。その旦那が夜中に空腹に耐えかね、冷蔵庫をあさって作るのが、彼の名をとってダグウッド・サンドイッチ。われわれはまだこのような正しいサンドイッチを作るに至っていない。

いや、そうではないのかもしれない。日本には日本なりのサンドイッチの系譜がある。すなわち、あんパン、ジャムパンなどのいわゆる菓子パン、正統カツサンドを大衆化したものとしてのハムカツ、もっと俗に走ってコロッケパン、東アジア的混沌をそのまま体現しているやきそばパン、イタリアまで巻き込んだピザまん。このあたりの和洋混淆が日本的サンドイッチの実力と言えるだろう。

「これは本当においしいね」と言いながら、ハワイでサンドイッチを食べていた時、現地の友人W君がにやっと笑って言った——「ここはサンドイッチ諸島だから」。

そうだったと思い出して笑った。気の利いたことを言う奴だ。クック船長が西洋人として初めてここに来た時、彼は外来者の命名権を濫用して、ここをサンドイッチ諸島と名付けた。彼の航海のパトロンの一人がサンドイッチ伯爵、すなわちトランプ博打に夢中になって食事の時間も惜しいというので、パンの間に肉類を挟んで食べるという便法を発明した人物だったのである。

あんパンのへそ

重金敦之

ベトナムのホーチミン市はかつてのサイゴンだが、プー・ト競馬場が再開された。近着の写真を見ると、ゴム草履をはいて馬券を握りしめている観客の前で、パンを籠の上に積み上げて売っている少女の姿があった。そこにはまごうことなきフランスがある。いかにもおいしそうに焼き上がったバタールは焦げた香りがただよい、皮が口の中ではじける音さえ聞こえてくるような気がした。

ベトナムのパンの写真を見てから、『パンの源流を旅する』（編集工房ノア）という本を読み始めたら、無性にパンを食べたくなってしまった。著者の藤本徹さんは、パン屋さんの専門紙「ベーカーズ・タイムス」を主宰し、日本のパン業界のために大きな力となった人だが、惜しくも平成三年の十二月に亡くなった。藤本さんの遺稿集ともいうべきこの本には、パンのルーツを求めて、トルコやギリシャ、エジプトを旅行したときの文章がある。

〈その国のパンがおいしいか、おいしくないかは、工場や設備が近代的かどうかは全く関係がなく、（略）エジプトにいる四〜五日の間に、まずいパンには一度として会わなかった。（略）消費者のパンに対する識別能力がそれだけ鋭く、長い歳月をかけてこの水準を作り上げたものだろう。〉

パンはいろいろなタイプに分類できるが、生地にバターや砂糖、蜂蜜、ミルクなどの副資材を多く練り込んだものをリッチなパンといい、食パンのように単純なものは、リーン（脂肪分の少ない）なパンと呼ぶ。いずれにしても、現代の日本では、ナンからベーグルパンまで、世界中のほとんどのタイプのパンを食べることができる。

ところで銀座のパンといえば、誰でもが四丁目にある木村屋總本店のあんパンを思い起こすはずだ。日本最初のパン屋として明治二年に創業した木村屋は、当初「西洋菓子麵包製造所」と名乗り、明治の中ごろまで、現在は銀座三越のある場所で営業していた。明治七年に酒種《さかだね》酵母を使った生地に小豆あんを入れたパンを作り、翌八年に明治天皇へ献上したところ、返事が「御感《ぎょかん》斜めならず」。もってまわったいい方だが、要するに「気にいった」ということ。これが契機となって、日本中にあんパンブームが巻き起こった。

当時の値段がひとつ五厘、昭和十三年には五銭だった。戦後になって昭和二十六年が十円、五十円になったのが昭和四十九年で、平成十年現在は百二十円也。

鎌倉末期、留学僧によって日本へ伝えられた饅頭は、当初シソの実やミョウガを刻んだのが中に入っていたが、江戸時代になると小豆あんを入れたものが出まわるようになった。さらに長崎では中国風の蒸しパンに肉や野菜、小豆あんを入れたものがあり、文明開化とともに西洋のイーストを使ったパンが入ってくる。いうなれば、あんパンは和洋中混然一体となった、たぐいまれなるアイデア商品だったわけである。

現在、あんパンだけで一日二万個近くを作るというから、その人気はたいしたものだ。桜花の塩漬けがへそのところにのっているこしあんのほか、小倉、栗、みそ、うぐいすなど多くの種類がある。つい最近も抹茶あんを新発売した。長い歴史の上に立って、創意工夫をおこたらない姿勢が人気の秘密なのかもしれない。

なお二階の喫茶室では焼きたてのあんパンを食べることができる。全国広しといえども、あんパンが置いてある喫茶店はここぐらいのものだろう。

フランスから日本へパンの技術指導にやってきた人がいる一方で、日本からフランスへ進出していったパン屋さんもある。いま銀座のパン屋さんの競争は激しい。老舗の木村屋總本店に対し、まずフォション（松屋銀座店）、ビゴの店（プランタン銀座店）といったフランス勢力があるが、ルノートル（有楽町西武店）がなくなったのは惜しまれる。コーンパンとチョコレートブレッドにいつも行列ができるジョアン（三越銀座店）、関西から進出してきたアンデルセン（有楽町阪急店）に神戸屋キッチン銀座店（四丁目）、さらにホテルオークラ（銀座松坂屋店）などのホテル勢も頑張っている。私は日光金谷ホテルのモーニング・ビスケットをひいきにしている。いっとき、銀座五丁目名鉄メルサ一階の文明堂に置いてあったが、いつの間にか消えてしまった。

「現在、世界で最も正統的なフランスパンが食べられるのは日本だろう」という声もあり、これからもパンの人気は高まるにちがいない。まだまだパンの歴史は浅い日本だが、藤本徹さんのいう「識別能力」がすぐれていることにしておこう。

フランスから冷凍のパン生地を取り寄せて、日本で焼いている店も出現した。その一方で、国産の小麦粉を使用し、天然酵母による発酵に執着している人たちもいる。

ドイツや北欧系のデニッシュ・ペストリーの種類も豊富だし、イタリア料理ブームの影響か、パニーノも街角でみられるようになった。ブラジルから生まれたポン・デ・ケージョも静かなブームだ。これは小麦粉でなく、タピオカの澱粉にチーズを練り込んで焼く、ソフトパンの一種だ。

日本のパン文化は、いま大きく発展しようとしている、といってもいい。

パン

荻昌弘

日本では、なぜパンを「パン」と呼んで、「ブレッド」といった英語は使わないか。

これについては、すでに定説ができあがっている。すなわちパンは、十六世紀、南蛮船によってポルトガル宣教師が最初にもたらしていらい、名前だけ脈々と日本人の内部に生き続けてきた。のち、ポルトガルが撤退して、西欧人は長崎のオランダ人だけになっても、この名はオランダ語 brood には変らなかった、と。

また、幕末から明治初期、フランスパン、食パンが、フランス人やイギリス人などによって再び新しくもたらされても、パンはあいかわらずパンであった。

親しみやすく発音しやすかった、とは推測できるにしても、なぜ日本人が二世紀をへだてて、「パン」という名だけは温存し続けたか。本当の理由は私によくわからないが、興味深い。

明治初期、日本にパンを定着させたのは、銀座の「木村屋」のように考えられている。まさに銀座木村屋こそ邦人パン店のハシリの象徴だから、常識的にはそれでいい。としても、これには、いろいろと前史がある。

安達巖氏の『日本の食物史』によると、フランス人クラークが経営した横浜ベーカリーは、文久三年（一八六三）の創始。これが今も横浜元町に現存する「宇千喜《うちき》パン」であるという。また、木村屋も、じつは最初から銀座に店があったのではない。明治二年（一八六九）に、もと紀州家お蔵番・木村安兵衛が店を開いたのは、芝愛宕下（日陰町）であった。翌年、銀座五丁目に移り、明治五年の銀座大火のあと、やっといまの場所あたりに定着したのであった。

今も有名な木村屋の「あんパン」は、この安兵衛の創始ではない。彼が経営をまかせた二人の息子、英三郎と儀四郎の合作であった。正確にいうと、安兵衛の、本家の叔父にあたる木村市三郎が、駿河台でオランダ屋敷料理方をしていた梅若という職人を紹介されて、彼の技術を採用することで木村屋が開かれ、この職人たちの苦心によって、酒饅頭などをヒントに、米こうじを用いる日本独特のあんパンがうみだされたのである。明治七年のこととされている。

木村屋は、紀州のゆかりで山岡鉄舟と親しかった。鉄舟は、この木村屋の新開発商品「あんパン」を賞味し、若き聖上陛下に献上したいと言い出した。明治八年、献上は水戸下屋敷で実現し、青年明治天皇は、以来、いたくこのあんパンに傾斜されることになった。

木村屋では、この〝およろこばれ〟方によって、宮内省納入品だけを特製する必要すら生じ、表面に麻の実をかけていた一般品と区別するため、陛下用には、表皮に国花サクラの塩漬けをうめることにした。かくてその埋込みの穴として、あんパンに、ヘソができたのである。

陛下御嘉納、となれば、昨今のＣＭ宣伝などとは、完全に次元がちがう。あんパンは爆発的に売れ、そしてその先導によって、国民はロールパンや食パンにもなじんでいった。大仰にいうなら、日本近代のパン食化は君民一体の行動だった。ちょうど、明治五年、この若い天皇が「牛肉食」奨励を仰せ出されたことによって、日本人が獣肉へのタブーを一挙に解かれたのと似ている。

あんパンという名だからよかったのだ、と思う。あんブレッドでは、いかに高貴の御推賞でも、気が乗らない。

貧乏なタイムマシン

赤瀬川原平

パンも変ったな、ずいぶん。

むかしはパンといえばまず食パンにコッペパンだった。あと何か趣向を変えたパンはというと、アンパン、ジャムパン、メロンパンぐらい。

このメロンパンというのが何でメロンなのかわからないけど、何か外見だけで出来上がっているようなパンであって、浦安かどこかのキャバレーの照明みたいで、ちょっと異色だった。良識ある家庭ではあまり買い与えなかったパンではないかな。

でも子供はやっぱり異色なのが好きだから、けっこう食べた人はいると思う。子供はね。

私は大人になってからはどうもあのメロンパンは駄目だったな。こういうパンを作るのならどうしてもっとちゃんとした食品としてのパンを作らないのかと、ちょっと憤りを感じたりもした。

　というのは青年のころなんだけど、しばらく装飾屋で働いていたことがあって、お昼はパン食にしようと思ってパン屋に行くと、本当にあのころはたいしたパンは売ってなかった。おやつにアンパンならまあいいのだけど、一日の三度の食事のうちのさあお昼だというときに、あんなアンパンなんてものを食べられるわけがないのだ。もっと食事としてのパンはないのか。肉とか野菜とかをちゃんとしっかりと組合せた食事的に満足できるパンはないのかと思ってパン屋のウインドウを見るのだけど、あるのはただの食パンやコッペパンのほかには、アンパン、ジャムパン、メロンパン。

　そういうわけでいつもメロンパンに欲求不満が行止りとなり、そこに憤りが集中していたような感じであった。

　いま考えればまったく非常識なことである。パンといえば食パンとコッペパンで、あとはアンパンみたいな菓子パンのほかにはないというのではまったく情ない限りだ。

　自宅でならやりようがあるのである。トースターぐらいは持っていたから、食パンにバターを買ってきてトーストを作る。いや、バターは高いのでマーガリンだったな。それにトースターがないときは火鉢や石油コンロで焼いていた。

　この石油コンロで焼くトーストというのはかなりわびしいもので、石油コンロというのは火力の調整があまりうまくできずに火が強いから、食パンの中の方はまだ何ともないのに表面だけがいち早くガリガリッと焦げてしまう。

そうだ、石油コンロといっても知らないかな、いまの人は。石油といえばいまはストーヴしかないけど、むかしは石油ストーヴなんて贅沢《ぜいたく》なものはまだなくて、四角い炊事用の石油「コンロ」しかなかった。それにヤカンとか鍋とかかけたのを部屋の中へ置いて、それが暖房になっていたのだ。戦後日本の原始時代のことであります。

そういう石油コンロのヤカンをどけて金網をのせて食パンをあぶるわけだけど、いくら気をつけて焼いても、どことなく石油の匂いがちょっと染みてしまうものなのである。つまりそのころの石油コンロなんてマシンとしてはまだまるで不完全なものだから、火をつけても不完全燃焼で、炎の先っぽの方から黒いススが立ちのぼっている。そんな火で食パンを焼くのだから、表面はとにかく黒焦げになるものである。それがススで黒いのか焦げて黒いのか、しれたものではない。

でもそうやって焼いてマーガリンを塗ればいちおうトーストにはなる。しかしその表面は、まるで、東京に降り積った雪が道路の北側で溶けずにこびりつき、そこに車の巻き上げる土埃がついてしまって、表面が薄汚なく黒ずんでカリカリになっている、ちょうどあんなようなものだったのだ。

でもトースターのない時代は、そんなトーストでもおいしかった。

そのことでいうと、トースターのない時代は、火鉢の炭火で焼くトーストが最高である。そのころはいつも自炊をしていたけれど、一度だけ自炊のできない下宿に住んだ。外食生活の覚悟である。それはまあいいのだけど、そこは石油コンロは一切禁止である。石油コンロを部屋の中でつけたりしたら必ず火事になると、家主がそう信じているらしい。たしかにむかしの石油コンロは危なかったし、みんな石油に対して無知でもあった。

では電気コンロはというとこれも絶対にいけない。電気コンロというのはつけるとすぐにコードが破れてショートして囲《まわ》りのものが燃え上がる、のではないにしても必ずつけ忘れて眠ってしまって、畳が焦げて絶対的に火事になると、家主がそう信じているらしい。

あとはというと炭とか薪であるが、そんなもので火をつけようとするとこれはおおごとになる。つまりその下宿は、冬であろうと何であろうと、結果的には火気厳禁ということになる。

ひどい下宿があったもので、というよりもひどい時代があったもので、というべきかもしれないけれど、真冬などは自分の体温だけが頼りで、それを少しも逃がさないように何重にも服を着て毛布をまとって、食パンを焼くこともできずに冷たいマーガリンを固いまんまつけてかじっている。マーガリンは冬は固いし、しかも塗りつける食パンは軟らかくてふわふわだから、これは塗るというよりゴロゴロと固まりが食パンの上を転がるだけで、どうにもならない。ああ、これがちょっとでも焼けてトーストになったらなあ、と嘆いていると、一階の家主のいる畳の部屋から、プーンといい匂いが立ち昇ってくる。そこには火鉢があって、家主がパンを焼いてトーストにしているのだ。家主は婆さんである。あんな婆さんがこんがり焼いたトーストを食べて自分は情ない食パンの上でマーガリン転がしてというその構図に、私はドストエフスキーというか、ラスコーリニコフみたいな気持になった。

というわけで炭火のトーストは最高である。これは当時のヒガミによる評価だけでなく、火鉢の炭火は適度な強さで、灰をかけても調節できるし、ちょうどこんがりとしたトーストができるのである。

で、自宅でならそうやって食パンを焼いてマーガリンをつけてトーストが出来るし、それにコロッケを買ってきてつけたり、あるいはハムとかサラダとか、好みや経済の都合によっては納豆やチクワなどをおかずにつけることもできる。

しかし仕事先ではそうもいかない。食パンとマーガリンを買っても焼いてトーストにするというわけにはいかないし、それにマーガリンなんて一箱単位だから買い方が難しいし、もし何回か使うつもりで買ったにしても、道端で食パンにマーガリンを塗るわけにはいかないのです。

しかしそれであきらめるような胃袋ではないから、私はコッペパンを買ってきて何とか算段してマーガリンを少し塗り、あとは肉屋へ行ってコロッケを買ってきて、それを指で割れ目を入れたコッペパンにむりやり挟んで、路上でコッペパンの強姦みたいなことをして食べていたのだ。

いまはお昼のパン食というのはじつにバラエティに富んでいる。ハムサンドやカツサンドやポテトサラダのサンド、それにそういうもの専門のハンバーガーショップがあちこちにあるのだから、本当に羨ましいかぎりである。それだけでなくホカホカ弁当もあるし小僧寿司もあるし、スーパーに行けばどこでもおにぎりがパックになって売っている。

これでいいのだとつくづく思う。

一方の考え方では、こうやって出来合いの食べものが簡単に安っぽく買えてしまって、何かしら味気ないということを感じたりもする。たしかに遠足やお花見に行くときにまで誰かがこの種のホカホカ弁当みたいなのを持ってくると、それはやはり何だかがっかりするわけである。

でも外で働いているときのお昼としては、いまは本当にしあわせである。パンだからといってアンパンとかジャムパンに妥協させられることなく、しっかりと食事らしいパンを食べることができる。むかしこういうものができるといいなあと、夢に描いていたことなのである。夢に描きつづけて、やっといまのパン食状況が出来たのである。当時の昼食の時間だけ、タイムマシンで現代に来ればどんなにいいかと、つくづく思うのである。

おぱんといふもの

伊藤比呂美

　おいしいパンがない。おいしいパンを食べたい。気がついたら、このごろパンをおいしいと思って食べてませんでした。おいしいパンが、ないのか。いいえ、ここはアメリカ。パンはまさしく文化の基礎だ。どこにでもパンはあります。

「一昔前は、この国にはろくなパンがなくて、大量生産の、安っぽい、なまっ白い、味もそっけもない、ふにゃふにゃのパンしか売ってなかったのだ、だからあんな何段も重ねてサンドイッチを作ってあんぐりと口をあけて食べようって気になるのだ」と一昔どころか何昔も前からこの国に来て住んでいるヨーロッパ生まれの男はそういいます。つれあいですが。

「でも今はどこのスーパーでも、しっかりと焼いた、固くて、ぱりっとして、歯ごたえのある、上等なパンが手に入るからたいへんうれしい……」とつれあいはいうんですが。

英語をしゃべるところで暮らしていると、パンのことは、ブレッドという。パンにくらべてなんと愛想のないことばであるかとあたしは思うんです。

日本語の幼児語では、パンを、「ぱんぱん」という。ぱんぱんたべる？と、こう、あかんぼに身をかがめて、その乳くさいにおいを嗅ぎながら訊きますと、答えはどうあれ、なんですかそこに、ふわふわの子育てが、子育てのきたない部分も、うっとうしい部分も、泣きたくなる部分も、何もかもとけてってしまうような、そんなふわふわの部分が、立ち上がってくるような気がします。しません？

ぱんぱんたべる？　って。

『セロ弾きのゴーシュ』[※1]に出てくる野ねずみの母親が、おまえたちはパンは食べるのか、とゴーシュに訊かれて、いえ、もう、おぱんといふものは、というんですね。

「いえ、もうおパンといふものは小麦の粉をこねたりむしたりしてこしらえたものでふくふく膨らんでゐておいしいものなさうでございますが」

あかんぼに、ぱんぱんたべる？　って訊くたびに、あたしはあれを思い出します。そしていいたくなります、いえ、もう、おぱんといふものはって。それは、なんだかとてつもなく、想像のつかないくらいいいものにちがひないのです。

あたしはずっとパンが好きだと思っていました。たしかに好きなんだと思うのですが、趣味がちょっとばかり入りくんでます。食べりゃおいしいというものでもない。うんと昔、子どものころは、食パンとコッペパンと菓子パンしか知りませんでした。それからパンの耳を常食にしていた一時期がありました。というのも、もう何度もいいましたけど、あたしには摂食障害だった一時期がありまして、食べるってことを考える上でとても大きいんです。まあそれでそのとき、ごはんもパンも、一切食べたくないものではあったんですが、パンの耳は例外でした。あれは、食べもの、食べちゃいけないもの、太るものの範疇に入らないような気がして。そんなばかな話はないんですが。

ポーランドで暮らしたときは、もうそのときは摂食障害じゃなかったんですけど、政情が不安定で、ものがなくって、固いライ麦入りのパンしか手に入らなくって。そのパンときたら、たいてい古くて、ぼそぼそで、ほろ苦くさえあって、でもそれしかありませんから慣れました。そしてそういうのをおいしくないなーと思いながら食べてますと、新しいのが手に入ったときのおいしさったらなかったです。

一貫してあたしはパンが好きでした。パン屋に行って、トレイもって目新しいパンを買うのってすごく楽しみでした。子どもだましの菓子パンも好きだし、しっかりした田舎風のパンも、ケーキと蒸しパンのあいのこのようなのも、全粒粉のとげとげしいのも、口の中に突き刺さってくるフランス風も、まじめなドイツ風も。はっきりいって、粉にイースト入れてこねて焼いてあれば、なにもかも、とてもおいしいと思っていたのです。で、こっちに暮らしはじめたとき、こっちのパン、つれあいの好きなのは、しっかりと焼きしめた、重たい、シリアスなパンですけれど、それも、とてもおいしいと思って食べていたわけです。不必要に固い、わかば歯科（子どもの通っていた矯正歯科なんです）の先生が泣いて喜ぶようなベーグルも、おいしいおいしいと食べていました。ところがこのごろ飽きてきちゃって。

あたしは今、ある種のパンをとても食べたいと思っているのです。それは、ふわふわで、もちもちの、スポンジとおもちを足して二で割ったようなパンであります。

そしてそれこそ、「おぱん」であるように思えるのです。

アメリカにもやわらかいふわふわのパンはあるんですが、それはふわふわと同時に、どこか、すかすかで、かさかさで、ぽそぽそでもあるのです。そしてスライスしてあるパンなら一枚のスライスがずっと薄いのです。しかも塩加減がちがう。ほんのわずかにしょっぱい、ような気がするのです。微妙なちがいです。もしも生まれたときからここにいたらば、このパンでもおおいにおぱんと思っていたはずなんですが。

ここで思いあたりました。あたしはどうも、日本で食べ慣れたものだけを恋ひもとめているようです。で、日本では、たとえおぱんであっても、基本的にほかほかのごはんってものを基本に作られているんじゃないかと。

ああ、そういえば。つれあいや隣人のローセンバーグ夫妻が、以前いってました。異口同音ってやつでしたが、日本に行って、あれっと思うのは、朝食のトーストが（ホテルや喫茶店で食べるやつ）こーんなにぶ厚いのだ、ということです。そういえば、トーストってのは、アメリカでもイギリスでも、薄っぺたいのを何枚も何枚も焼いて持ってきて、しかもトーストたてにたててあったりして、そらぞらしく冷めても、気にならないようなのです。じっさいつれあいも、朝のトースト、冷めてもいっこうに気にしません。食べています。日常茶飯事のごとく。

あのぶ厚い四枚切りくらいの焼きたてを、ぱりっと割ると中がふわーっと裂けて湯気をたてる。あれがトーストの醍醐味と、長いあいだつゆ疑わずにきました。その醍醐味なら、炊きたてのごはんに少々の漬け物とか明太子とかでも、同じように味わえるのかもしれないんです。

あたしが夢見るふわふわでもちもちな食べ慣れたパンというものに、いちばん近いものはどこで手に入るかというと、「ランチマーケット」というアジア食品専門の、アジアならチャイニーズもベトナミーズもコリアンもタイもジャパニーズも、場所も文化も問わず何だってという、汎アジア的マーケットの中のベーカリーでした。アジアの味はアジア、米を食べる人間に共通するものがあるってことか。

そこのベーカリーの棚には、タロイモあんを練りこんだパン、あずきペースト（あんこですよ）入りのパン、クリームパン、肉や野菜入りのおかずパンもある。チープなコンビニの味なんです。それでも食べたい。だから食べたい。食パンもあります。四角くて、柔らかくてもちもちで、学校の給食でさんざん食べたような食パンです。チーズ蒸しまであるんですから。で、そういうのを買ってくると、つれあいが、どうしてこんなスポンジみたいなものをパンと称して食べなくちゃいけないのかねえ、などとひねくれたいやみをいうもんですから、むかついて。

※1　『校本　宮澤賢治全集第十巻』（筑摩書房）

パンとご飯

外山滋比古

「こういう年ですから、ことしは、いつものようではないかもしれません。その節はおゆるし願います」

小包の新米につづいてそういうはがきが届いた。毎年、コシヒカリを送ってくれる新潟の知人からである。味を心配しているのだ。

さっそく賞味する。

このごろ気に入っている赤城の水でたく。茶碗の中でひと粒ひと粒が白く光って立つ。口にふくみ、かむ歯ごたえはいつもの年と変わるところがない。むしろ例年以上のような気がするのは、予告のせいもあって、割引いた期待を上回ったから、そう感ずるのであろう。不作のことなど忘れてしまう。

ご飯の味は米だけではないと考えるから、水を選ぶ。水道の水ではなく自然水でたく。切らしてないときはしかたがないが、あれば惜し気もなく使う。これまで方々の水を用いてきたが、さきごろ手に入れた赤城の水はとび切りである。自分だけの独断ではない証拠に、ひどく水にこだわっている人にお裾分けして使ってみてもらい、感想をきいたところ、こんなのははじめてだと折紙をつけた。どこがどうなのだと言われても、そこは水ものだから、返事に困るが、とにかくいい。

新米をもらった数日後、並んで歩いていた先輩が出しぬけに「ときにキミは、パンに趣味はおありか」ときく。パンの趣味とはどういうものか知らないけれども、うまいものなら目がない。とっさに、ある、と答えた。先輩は「じゃあ、いずれ、そのうち」と意味あり気なことばを残して消えた。

味覚はこどものときにきまってしまうらしい。その昔、田舎でパンといえば、まずアンパン、そしてジャムパン、クリームパンであった。それをうまいうまいといって育った。それが尾をひいているのだろう、本当のパンの味がいまもってよくわからない。Aのパンがいいときけば行って買ってくる。いやNにかぎるという人があれば、すぐ転向する。つぎつぎ変えて、しばらくは付き合うが、やがて忘れるともなく忘れる。

あるデパートでいつも長い列のできているところがある。何だろうと思うとパンの焼き上がるのを待っているのだった。よほどうまいのだろうと判断し、列の尻尾について買ってきた。そのデパートへ行き、うまく焼き上がりの時間に合えば求めてくるが、わざわざそのために出向くというほど熱心ではない。

つまり、パンにはたいして趣味などないのである。あるような返事をしたのはいけなかったかも……。二、三日すると、先輩から小包が届いた。パンである。たくさんあるが、冷凍しておけばいつまでももつと書いた紙が入っている。名古屋のベーカリーから送られてきた。パンの横に〝吟〟の焼印が押してある。

お礼状を書く前にまず賞味してみなくてはならない。さっそくトーストにした。一口、口に入れたとたんに、これはこれはと思う。

こんなおいしいパンははじめてである。

そしてまったくなんの脈絡もなしに、十年ほど前、北海道の修道会でごちそうになったすばらしいパンのことを思い出した。

新米コシヒカリの光るご飯がある。とびきりのパンもある。

いくらなんでも両方を一度に食べるわけにはいかないから、さて、パンにしようか、ご飯にしようか、前の日に考えてから寝る日がつづいている。毎日のように米が不作だ、米が不足しそうだというニュースをきくが、米が足りなくても、うちにはパンがある。つなぎに心配はない。心豊かである。

パンの詩

吉本隆明

パンの話をしたことがないような気がするのでしておきたくなった。

「パンのために働く」、「涙とともにパンを呑み込む思い」、「パンの略取」など、欧米流で三度三度食べる食糧を比喩するために、パンという言葉が使われる。わたしたちのいう三度の飯《めし》というのとおなじだ。ここからはじめると、わたしにもパンという言葉を比喩に使って「涙とともにパンを呑み込んだことのないものなど信じられない」と言える体験がある。事実だが、あまり恰好がよすぎる言葉で、お前が勝手に、やらんでもいい事を仕出かして、そうなっただけで、他人《ひと》のせいにするなという声がどこかにあって、自分でいうときは、反対に人間は苦労などできるだけしない方がいいにきまっていると言ったりする。

しかし、わたしの好きな文学者、太宰治も宮澤賢治もわたしとは違う。太宰は貧乏な暮しがその人のためにならないことなどありえないと言っている。宮澤賢治は生徒に、もしおまえが辛い毎日の仕事で暮しのゆとりがなかったら、空いっぱいの光ででてきたパイプオルガンを弾くがいいという意味の言葉で、励ましを与えている。わたしも真似して言いたいのだが、それだけの資格がないのだ。

失業中、月五千円（現在の金で約十万円くらい）でアルバイトしていたとき、丸ビルの地下の食堂でラーメンを注文したが、立て混んだ客の昼食の注文が次から次へと殺到し、わたしのラーメンはいくら待ってもこない。そのうち一時間の昼休みはとうに過ぎてしまった。「おれんところのラーメンはどうしたんだ」と怒るだけの気力もなく、空腹のまま職場へ帰った。そのとき瞼《まぶた》の裏に薄すらと涙が滲んだ。「涙とともにパンを呑み込んだことのないものなど」というのは、こんなことを言うのだな、とそのとき思った。わたしは誰にも言わず、そのまま事実を呑み込んだ。いまはじめて書いているわけだ。しかしこんなことを書いたり、威張って苦労話に仕立てたりするのは良くない。それは学問知識を鼻にかけたり、社会的地位で図に乗ったり、理念の優越を誇ったりするのとおなじ、下衆《げす》の仕業だと思う。

現在では明日食べるものがないといった苦労話もほとんど意味をなさない。また豪華な食事と粗食の差別も昔話にしかならないだろう。誰にでも豪華で腹一ぱいの食事は差別なく可能だからだ。わたしたちが差別もいらず、本音で言えることは、どんな不況になっても、ゆとりのある遊民性を失うなということのような気がする。（これは全国随一の農業県である鹿児島や岩手にとっては、聞き苦しいかもしれないが、何か食べものにまつわる倫理があるとすれば、そこだけのような気がする。）

パンについてのわたしの最初の思い出は、子どものとき、口内炎でご飯が食べられないとき、母親がちょうど人膚の砂糖湯に、耳をとった食パンを含ませて、食べさせてくれたことであった。滲みもせず、痛みもせず、滅多に食べたことのないパンが食べられるので嬉しかった。この状態は二日か三日するとご飯が食べられるようになって、終ってしまった。お腹が痛いときは救命丸を盃のなかで箸でくだいて飲む。下痢気味のときはコンニャクを温めて、お腹に巻いてもらう。気付けのときは盃一ぱいの梅酒。それらと一緒に砂糖湯に浸して食べる食パンは、常備薬とおなじようなものだった。

現在も富山の薬屋さんは、この時代とおなじような薬を置いていって、春と秋の彼岸の中日に収めに来てくれる。肝じんのこちらの方が薬効に疑いをもったりしているので、有効かどうかわからないが、望郷の思いのように、これをやめる気になれない。そして子どものときこれらの常備薬や甘糖湯の食パンに効力があったのは、もしかすると母親が普段と違うかまい方をしてくれるのが嬉しくて、効果的だったのではないか、などと考える。

現在、わたしがいちばん愛好しているパンは二つある。ひとつはJR駒込駅の切符売場の隣にあるパン屋の「カマンベール」と名づけたパンだ。真中は焦茶色、まわりは白い円形のパンで、アンコには柔かいチーズが入っている。「カマンベール」という名は、このチーズを指しているのか、この名のチーズを形どった外観からくるのか、判らない。

はじめは少し匂いと味にクセがあると感じたが、慣れてくるにつれてやめられないものになった。とくに午前のまだうす温かいときの味の魅力はたまらないほどだ。このパンは血糖値が高くて、カロリー制限を受けている現在のわたしには、常時、禁忌のパンである。隠密裏に買いにゆき、自業自得の報いを覚悟して食べるほかない。

もう一つは、小倉アンコのあんパンである。子どもの或る時期しきりに食べたが、青春期には辛いもの好きになり、あんパンという言葉をイメージするごとに、ヘソゴマのようなくぼみをもった薄い球形を思い描いてぞっとするほど嫌いだった。それがどうしたのだろう。現在は、これこそ菓子パンの原型のようにおもえて、たまらない。現在のわたしには禁忌に近い食品だといえる。

わたしの小学校のときの親友山本希雄は、小学校を出るとすぐに魚河岸のお兄ちゃんになった。あれほどウマが合い、渋滞のない付き合いのつづいた大様な友はいなかった。いまどうしているだろうと思うと、泣きたいほど懐しくなることがある。小倉あんのあんパンの味はこの親友の味に似ている。そしてわたしの味は、どこへゆくのだろうと考える。

著者略歴

◎パン・アンド・ミー　『やりたいことは二度寝だけ』講談社より

津村記久子　つむらきくこ

一九七八年、大阪生まれ。小説家。『ミュージック・ブレス・ユー!!』で野間文芸新人賞、『ポトスライムの舟』で芥川賞、『ワーカーズ・ダイジェスト』で織田作之助賞、『浮遊霊ブラジル』で紫式部文学賞受賞。その他おもな著作に『ポースケ』『現代生活独習ノート』『水車小屋のネネ』など。

◎結果的ハチミツパン　『本当はちがうんだ日記』集英社文庫より

穂村弘　ほむらひろし

一九六二年、北海道生まれ。歌人。『短歌の友人』で伊藤整文学賞、「楽しい一日」で短歌研究賞、『鳥肌が』で講談社エッセイ賞受賞。おもな歌集に『シンジケート』『手紙魔まみ、夏の引越し（ウサギ連れ）』『水中翼船炎上中』など。その他おもな著作に『整形前夜』『絶叫委員会』『蚊がいる』など。

◎フレンチトースト　『とるにたらないものもの』集英社文庫より

江國香織　えくにかおり

一九六四年、東京生まれ。小説家、翻訳家、詩人。『泳ぐのに、安全でも適切でもありません』で山本周五郎賞、『号泣する準備はできていた』で直木賞、『ヤモリ、カエル、シジミチョウ』で谷崎潤一郎賞受賞。その他おもな著作に『神様のボート』『彼女たちの場合は』など。

◎パンの時間　『グダグダの種』だいわ文庫より

阿川佐和子　あがわさわこ

一九五三年、東京生まれ。小説家、エッセイスト。檀ふみ氏との共著『ああ言えばこう食う』で講談社エッセイ賞、『ウメ子』で坪田譲治文学賞受賞。その他おもな著作に『聞く力』『ブータン、世界でいちばん幸せな女の子』『母の味、だいたい伝授』など。

◎蛮喰　『あまカラ』甘辛社より

辰野隆　たつのゆたか

一八八八年、東京生まれ。フランス文学者。おもな著作に『ルナアルを語る』『佛蘭西文學』。また『忘れ得ぬ人々』など洒脱なエッセイの書き手としても知られる。一九六四年没。

◎粥とパンとの毎朝　『仮想招宴』KKロングセラーズより

草野心平　くさのしんぺい

一九〇三年、福島生まれ。詩人。「蛙の詩」で読売文学賞受賞。「蛙」や「富士山」「石」などを題材に多くの詩を残した。おもな詩集に『第百階級』『牡丹圏』『絶景』『乾坤』『自問他問』など。一九八八年没。

◎朝食にパン！　『温泉へ行こう』新潮文庫より

山口瞳　やまぐちひとみ

一九二六年、東京生まれ。小説家、随筆家。「男性自身」は、31年のロング連載を誇った人気コラム。『江分利満氏の優雅な生活』で直木賞受賞。その他おもな著作に『血族』『居酒屋兆治』など。一九九五年没。

◎アンパンとゴルフ　『あまカラ』甘辛社より

源氏鶏太　げんじけいた

一九一二年、富山生まれ。小説家。『英語屋さん』で直木賞、『口紅と鏡』「幽霊になった男」で吉川英治文学賞受賞。サラリーマンとしての実体験をユーモラスに描いた作風が人気。その他おもな著作に『三等重役』『停年退職』など。一九八五年没。

◎サンドイッチはトーストして　『くらしのきもち』集英社文庫より

大橋歩　おおはしあゆみ

一九四〇年、三重生まれ。イラストレーター、デザイナー。おもな著作に『さよならさんかくまたきてしかく』『日々が大切』など。村上春樹著『村上ラヂオ』の装画、雑誌『アルネ』『大人のおしゃれ』の企画、出版者としても知られる。

◎サンドイッチをたのしく飾る　『中原淳一の幸せな食卓』集英社ｂｅ文庫より

初出『ジュニアそれいゆ』一九五七年一月号

中原淳一　なかはらじゅんいち

一九一三年、香川生まれ。画家、ファッションデザイナー、編集者。雑誌『少女の友』の表紙・挿画、雑誌『それいゆ』『ひまわり』などの出版編集者として広く知られる。おもな著作に『あなたがもっと美しくなるために』『七人のお姫さま』など。一九八三年没。

◎明治のサンドウィッチ　『続　飲み・食い・書く』角川文庫より

獅子文六　ししぶんろく

一八九三年、神奈川生まれ。小説家、演出家、劇団文学座創設者のひとり。『海軍』で朝日文化賞受賞。『娘と私』『てんやわんや』など多くが映像化された。食通としても知られ『食味歳時記』『飲み・食い・書く』などの随筆がある。一九六九年没。

◎母はパン屋さん　『いのちの食紀行』東京書籍より

立松和平　たてまつわへい

一九四七年、栃木生まれ。小説家、エッセイスト。『遠雷』で野間文芸新人賞、『毒—風聞・田中正造』で毎日出版文化賞、『道元禅師』で泉鏡花文学賞受賞。その他おもな著作に『卵洗い』『浅間』など。二〇一〇年没。

◎パン　『はじめからその話をすればよかった』実業之日本社より

宮下奈都　みやしたなつ

一九六七年、福井生まれ。小説家。『羊と鋼の森』で本屋大賞受賞。おもな著作に『遠くの声に耳を澄ませて』『誰かが足りない』『静かな雨』『ワンさぶ子の怠惰な冒険』など。

◎パンの耳―ひそかな宝物　『今日はぶどうパン』プレジデント社より

平松洋子　ひらまつようこ

一九五八年、岡山生まれ。作家、エッセイスト。『買えない味』でＢｕｎｋａｍｕｒａドゥマゴ文学賞、『野蛮な読書』で講談社エッセイ賞、『父のビスコ』で読売文学賞受賞。その他おもな著作に『肉とすっぽん』『ルポ　筋肉と脂肪』など。

◎山手線とクリームパン　『千年ごはん』中公文庫より

東直子　ひがしなおこ

一九六三年、広島生まれ。歌人、小説家。「草かんむりの訪問者」で歌壇賞、『いとの森の家』で坪田譲治文学賞受賞。おもな歌集に『春原さんのリコーダー』『青卵』。その他おもな著作に『とりつくしま』『キオスクのキリオ』『階段にパレット』『一緒に生きる』『ひとっこひとり』など。

◎ロバの蒸しパン―黄昏のメリーウィドウ・ワルツ　『京味深々　京都人だけが食べている②』知恵の森文庫より

入江敦彦　いりえあつひこ

一九六一年、京都生まれ、ロンドン在住。作家、エッセイスト。おもな著作に『京都人だけが知っている』『イケズの構造』『京都でお買いもん』『英国ロックダウン100日日記』など。

◎どっしりとしたジャムパン――パン工房　中村屋（南砂）『味憶めぐり　伝えたい本寸法の味』文春文庫より

山本一力　やまもといちりき

一九四八年、高知生まれ。小説家。『蒼龍』でオール讀物新人賞受賞。『あかね空』で直木賞受賞。その他おもな著作に『いっぽん桜』『おらんくの池』『かんじき飛脚』『戌亥の追風』『花だいこん』『ひむろ飛脚』など。

◎実はパン好き　『くいしんぼう』ちくま文庫より

高橋みどり　たかはしみどり

一九五七年、東京生まれ。フードスタイリスト、エッセイスト。多くの本のフードスタイリングを手がける。おもな著作に『うちの器』『ヨーガンレールの社員食堂』『私の好きな料理の本』『おいしい時間』など。二〇二二年より栃木県の黒磯へ移住し、タミゼテーブルを営む。

◎逃避パン　『まひるの散歩』新潮文庫より

角田光代　かくたみつよ

一九六七年、神奈川生まれ。小説家。『まどろむ夜のＵＦＯ』で野間文芸新人賞、『空中庭園』で婦人公論文芸賞、『対岸の彼女』で直木賞、『八日目の蟬』で中央公論文芸賞、現代語訳『源氏物語』で読売文学賞受賞。その他おもな著作に『幸福な遊戯』『かなたの子』『タラント』など。

◎他力本願パン作り　『トラブル　クッキング』集英社文庫より

群ようこ　むれようこ

一九五四年、東京生まれ。小説家、エッセイスト。『午前零時の玄米パン』でデビュー。おもな著作に『鞄に本だけつめこんで』『無印良女《むじるしりょうひん》』『かもめ食堂』『パンとスープとネコ日和』『たりる生活』など。

◎思い出のパン　『目の前の彼女』三月書房より

戸板康二　といたやすじ

一九一五年、東京生まれ。演劇・歌舞伎評論家、推理作家、随筆家。『團十郎切腹事件』で直木賞受賞。おもな著作に『歌舞伎への招待』『六代目菊五郎』『久保田万太郎』、随筆集に『ちょっといい話』など。

一九九三年没。

◎一度きりの文通　『ねにもつタイプ』ちくま文庫より

岸本佐知子　きしもとさちこ

翻訳家。『ねにもつタイプ』で講談社エッセイ賞受賞。その他おもな著作に『ひみつのしつもん』『死ぬまでに行きたい海』、訳書にミランダ・ジュライ『いちばんここに似合う人』、ルシア・ベルリン『掃除婦のための手引き書』、アリ・スミス『五月　その他の短篇』、編訳書に『変愛小説集』など。

◎コッペパン　『アカシア・からたち・麦畑』ちくま文庫より

佐野洋子　さのようこ

一九三八年、北京生まれ。絵本作家、エッセイスト。絵本『わたしのぼうし』で講談社出版文化賞絵本賞、『ねえ　とうさん』で日本絵本賞、小学館児童出版文化賞、エッセイ『神も仏もありませぬ』で小林秀雄賞受賞。おもな絵本に『一〇〇万回生きたねこ』など。二〇一〇年没。近年編まれたエッセイアンソロジーに『今日でなくてもいい』『とどのつまり人は食う』などがある。

◎草の上の昼食　『いつも食べたい！』ちくま文庫より

林望　はやしのぞむ

一九四九年、東京生まれ。作家、国文学者。『イギリスはおいしい』で日本エッセイスト・クラブ賞、『ケンブリッジ大学所蔵和漢古書総合目録』（ピーター・コーニッキー氏との共著）で国際交流奨励賞、『謹訳　源氏物語』で毎日出版文化賞特別賞受賞。その他おもな著作に『おこりんぼう　ひと言申し上げたい』『謹訳　徒然草』など。

◎パンに涙の塩味　『開高健全集　第15巻』新潮社より

開高健　かいこうたけし

一九三〇年、大阪生まれ。小説家、ノンフィクション作家。『裸の王様』で芥川賞、『輝ける闇』で毎日出版文化賞、『耳の物語』で日本文学大賞受賞。その他おもな著作に『ベトナム戦記』『オーパ！』など。一九八九年没。

◎反対日の丸　『澁澤龍彦全集　16』河出書房新社より

澁澤龍彦　しぶさわたつひこ

一九二八年、東京生まれ。フランス文学者、小説家。『唐草物語』で泉鏡花文学賞、『高丘親王航海記』で読売文学賞受賞。おもな訳書にマルキ・ド・サド『悪徳の栄え』、編著作に『エロティシズム』『血と薔薇』など。一九八七年没。

◎クリームパン　『つれづれの味』北洋社より

増田れい子　ますだれいこ

一九二九年、東京生まれ。ジャーナリスト、エッセイスト。おもな著作に『しあわせな食卓』『インク壺』『沼の上の家』『母　住井すゑ』『心のコートを脱ぎ捨てて』など。二〇一二年没。

◎しょうがパンのこと　『ゆっくりさよならをとなえる』新潮文庫より

川上弘美　かわかみひろみ

一九五八年、東京生まれ。小説家。『蛇を踏む』で芥川賞、『神様』でドゥマゴ賞、『溺レる』で女流文学賞、『センセイの鞄』で谷崎潤一郎賞、『水声』で読売文学賞受賞。その他おもな著作に『大きな鳥にさらわれないよう』『三度目の恋』など。

◎ショウガパンの秘密　『本という不思議』みすず書房より

長田弘　おさだひろし

一九三九年、福島生まれ。詩人。『私の二十世紀書店』で毎日出版文化賞、『森の絵本』で講談社出版文化賞、『世界はうつくしいと』で三好達治賞受賞。その他おもな著作に『深呼吸の必要』『記憶のつくり方』『奇跡―ミラクル―』など。二〇一五年没。

◎パンを踏んで地獄に堕ちた娘　『旅行者の朝食』文春文庫より

米原万里　よねはらまり

一九五〇年、東京生まれ。通訳、エッセイスト、小説家。『不実な美女か貞淑な醜女《ブス》か』で読売文学賞、『嘘つきアーニャの真っ赤な真実』で大宅壮一ノンフィクション賞、『オリガ・モリソヴナの反語法』でBunkamuraドゥマゴ文学賞受賞。その他おもな著作に『打ちのめされるようなすごい本』『発明マニア』など。二〇〇六年没。

◎バゲット　『ひと皿の記憶―食神、世界をめぐる』ちくま文庫より

四方田犬彦　よもたいぬひこ

一九五三年、大阪生まれ。詩人、比較文学者、映画史家。『映画史への招待』でサントリー学芸賞、『モロッコ流滴』で伊藤整文学賞、『ルイス・ブニュエル』で芸術選奨文部科学大臣賞受賞。その他おもな著作に『貴種と転生』『戒厳』『さらば、ベイルート』など。

◎フランスパン――*le pain de l'égalité*　『クロワッサンとベレー帽――ふらんすモノ語り』中公文庫より

鹿島茂　かしましげる

一九四九年、神奈川生まれ。フランス文学者、評論家。『馬車が買いたい！』でサントリー学芸賞、『子供より古書が大事と思いたい』で講談社エッセイ賞受賞。その他おもな著作に『「レ・ミゼラブル」百六景』『「パサージュ論」熟読玩味』『パリの異邦人』『稀書探訪』『思考の技術論』など。

◎サンドイッチとカスクルート　『食客旅行』中公文庫より

玉村豊男　たまむらとよお

一九四五年、東京生まれ。エッセイスト、画家。おもな著作に『パリ　旅の雑学ノート』『食の地平線』『新　田園の快楽　ヴィラデストの27年』、編訳書にブリア＝サヴァラン『美味礼讃』など。農園やワイナリーのオーナーとしても知られる。

◎サンドイッチ諸島　『むくどり通信　雄飛篇』朝日文庫より

池澤夏樹　いけざわなつき

一九四五年、北海道生まれ。小説家、詩人。『スティル・ライフ』で芥川賞、『マシアス・ギリの失脚』で谷崎潤一郎賞、『すばらしい新世界』で芸術選奨文部科学大臣賞、「池澤夏樹＝個人編集　日本文学全集」で毎日出版文化賞受賞。その他おもな著作に『楽しい終末』『静かな大地』『アトミック・ボックス』『古事記ワールド案内図』など。

◎あんパンのへそ　『銀座八丁　舌の寄り道』ＴＢＳブリタニカより

重金敦之　しげかねあつゆき

一九三九年、東京生まれ。エッセイスト、文芸ジャーナリスト。おもな著作に『食の名文家たち』『小説仕事人　池波正太郎』『ほろ酔い文学事典　作家が描いた酒の情景』『淳ちゃん先生のこと』『落語の行間日本語の了見』など。

◎パン　『歴史はグルメ』中公文庫より

荻昌弘　おぎまさひろ

一九二五年、東京生まれ。映画評論家、料理評論家、オーディオ評論家。番組終了まで18年間をつとめたＴＢＳ「月曜ロードショー」の解説者として知られる。おもな著作に『男のだいどこ』『荻昌弘の映画批評真剣勝負』『荻昌弘の試写室　日本映画編1960-1966』など。一九八八年没。

◎貧乏なタイムマシン　『少年とグルメ』講談社文庫より

赤瀬川原平　あかせがわげんぺい

一九三七年、神奈川生まれ。前衛美術家、小説家。尾辻克彦名義の『父が消えた』で芥川賞、『雪野』で野間文芸新人賞受賞。その他おもな著作に『超芸術トマソン』『新解さんの謎』『老人力』など。二〇一四年没。

◎おぱんといふもの　『またたび』集英社より

伊藤比呂美　いとうひろみ

一九五五年、東京生まれ。詩人。『ラニーニャ』で野間文芸新人賞、『とげ抜き　新巣鴨地蔵縁起』で萩原朔太郎賞・紫式部文学賞受賞。その他おもな著作に『良いおっぱい悪いおっぱい』『家族アート』『伊藤ふきげん製作所』『閉経記』『道行きや』『ショローの女』など。

◎パンとご飯　『頭の旅』毎日新聞社より

外山滋比古　とやましげひこ

一九二三年、愛知生まれ。英文学者、評論家。評論の対象は英文学のみならず言語、教育、ジャーナリズムなど多岐にわたる。おもな著作に『修辞的残像』『知的創造のヒント』『ことわざの論理』『思考の整理学』など。二〇二〇年没。

◎パンの詩　『食べもの探訪記』光芒社より

吉本隆明　よしもとたかあき

一九二四年、東京生まれ。詩人、思想家、批評家。おもな著作に『言語にとって美とはなにか』『共同幻想論』『最後の親鸞』『フランシス子へ』など。二〇一二年没。

解説　幸せなパン、悲しみのパン

小林えみ

カリカリ。サクサク。フワフワ。モチモチ。パンは主に小麦を原料として膨らませたひとつの食品だけれど、製法や材料の組み合わせで種類は豊富、それぞれまったく違う特徴をもっている。「パン・アンド・ミー《パンとわたし》」の語りはパンの種類と人の数、それぞれの記憶をかけると無限に近い数があるだろう。このアンソロジーはその無限の物語から極上のエッセイを揃えている。「パンうまー」、私たちはこの本を読みながら、それぞれの幸せなパンの記憶を呼び起こすだろう。

私の「パン・アンド・ミー」、幸せなパンは、マルジナリア書店で仕入れをしている分倍河原《ぶばいがわら》のノエルの角食だ。これはそのままノエルの角食をマルジナリア書店で販売しているのではなく、10枚切りにカットしてもらったものをホットサンドに使って提供している。一般的な6枚切り、8枚切りではホットサンドの具に対して厚みが出すぎるので、この10枚切りがちょうどいい。それをノエルさんでスライスしてもらうとき、6個分連なった角食1本の端っこにあたると、端の耳だけが1枚、サービスで入ってくる。途中の山にあたった場合はない。この耳だけの薄い1枚が、おいしい。湯捏《ゆご》ねでもっちりと少し甘めにつくられた角食はふっくらした白い内側もおいしいのだけれど、耳だけの1枚はそれに強い歯ごたえが加わってまた別のパンのようだ。お店がはじまる前に、手早くつまみ食いする。トーストしてより香り高くするわけでも、何かつけて丁寧に食べるわけでもないけれど、偶然のオマケ感と、もともとのパンの質の高さで、ぐにぐに嚙みしめながら、今日も一日がんばろう、という気持ちが湧いてくる。それはオマケとして、ノエルさんの個人的なオススメはパリパリのフランスパンにジューシーなベーコンをたっぷりいれたベーコンエピ。分倍河原においでの際は、ぜひどうぞ。

さて、本書に戻ると、江國香織は「幸福そのものだ、と思う食べ物に、フレンチトーストがある。」という。パンは、多少の価格差はあれど、よほどでなければ、高価で手が届かない食べ物ではない。日常にありふれた食材に甘やかな記憶が重なって、それは極上の食べ物になるのだ。読んでいるだけで、映画のワンシーンのような美しい情景と絶対においしいフレンチトーストが目に浮かぶ。もう少し気軽な源氏鶏太のアンパンは、とにかく楽しそう。ゴルフに行く！というウキウキが、ありふれたパンを食べてみたい食事にする。あんぱんはこの本でも何度か登場するけれど、源氏鶏太のアンパンが一番おいしそうに思わせる。このように、いくつか同種のパンが本書には登場するので、それを食べ比べならぬ読み比べするのも楽しい。

たくさん登場するのはサンドイッチ。タイトルにあがっているだけでも、大橋歩、中原淳一、獅子文六、玉村豊男、池澤夏樹が該当する。林望の「草の上の昼食」もサンドイッチで、サンドイッチ自体は素朴なつくりのようだけれど、イギリスの美しい景色、その草の上で食べるというシチュエーションがたまらない。

このように本書を読むと多くは幸せなパンで満たされており、お腹が空いてくる。パンを食べたくなってくる。しかし、そうした雰囲気に少しだけ異彩を放つ一編も収録されている。

開高健の「パンに涙の塩味」がその作品だ。終戦後の風景と共に、ある記憶が綴られている。タイトルはゲーテの「涙とともにパンを食べたことのない者 Wer nie sein Brot mit Tränen aß」からの言葉だろう。このくだりはけっして「幸せなパン」ではないけれど、生きるためのパンをめぐり、人の心はどこまでも優しく、ただしとても複雑であること、開高少年とその友人、私たちは処理しきれない思いにふるえ、たちつくす。そこに生きる糧《かて》としてのパンがある本書の中でも白眉《はくび》の一文であり、ぜひお読み頂きたい。

ことほどさように、パンは、オヤツのように楽しむものもあるが、主食として人の生を支える食べ物でもある。生死のかかったパンは悲しみのパンだろう。2023年現在、ロシアによるウクライナの侵攻は続いている。ミャンマーは軍事政権になって久しく、状況の打開は見いだせていない。ウクライナで、ミャンマーで、子どもたちはどんなパンを食べているのだろうか。世界中の子どもたちが悲しみのパンではなく、それぞれの幸せなパンだけを食べていられる日が来ることを願う。

慧眼《けいがん》で知られ、早世した米原万里は「パンを踏んで地獄に堕ちた娘」で童話を引きながら、ソビエト連邦の崩壊につながるパン政策の失敗を教えてくれる。20年以上前に書かれたその結びの一文は、いまなお有効な、私たちへの警告だ。

幸せなパンと悲しみのパン。私たちが前者を楽しみ続けるためには、自分たち自身で世界を良くし、維持していく努力が必要であり、その原動力としてまた、幸せなパンの記憶が、あるべき輝かしい日常の象徴として私たちを支えてくれるだろう。

（マルジナリア書店店主／よはく舎）

本書は、二〇一六年五月に小社より単行本で刊行されました。
選者　杉田淳子、武藤正人（go passion）

◉編集部より

本書は、著者による改稿とルビを除き、底本に忠実に収録しております。収録作品のなかには、一部に今日の社会的規範に照らせば差別的表現あるいは差別的表現ととらえられかねない箇所が見られますが、作品全体として差別を助長するようなものではないこと、著者が故人であるため改稿ができないことから、原文のままとしました。

こんがり、パン

おいしい文藝《ぶんげい》

二〇二三年 八 月二〇日 初版発行
二〇二三年一〇月一〇日 3刷発行

著 者 津《つ》村《むら》記《き》久《く》子《こ》／穂《ほ》村《むら》弘《ひろし》ほか

発行者 小野寺優

発行所 株式会社河出書房新社
〒一五一-〇〇五一
東京都渋谷区千駄ヶ谷二-三二-二
電話〇三-三四〇四-八六一一（編集）
〇三-三四〇四-一二〇一（営業）
https://www.kawade.co.jp/

ロゴ・表紙デザイン 粟津潔
本文フォーマット 佐々木暁
本文組版 KAWADE DTP WORKS
印刷・製本 中央精版印刷株式会社

Printed in Japan ISBN978-4-309-41982-4

こぽこぽ、珈琲

湊かなえ／星野博美 他　41917-6

人気シリーズ「おいしい文藝」文庫化開始！　珠玉の珈琲エッセイ31篇を収録。珈琲を傍らに読む贅沢な時間。豊かな香りと珈琲を淹れる音まで感じられるひとときをお愉しみください。

ぱっちり、朝ごはん

小林聡美／森下典子 他　41942-8

ご飯とお味噌汁、納豆で和食派？　それともパンとコーヒー、ミルクティーで洋食派？　たまにはパンケーキ、台湾ふうに豆乳もいいな。朝ごはん大好きな35人の、とっておきエッセイアンソロジー。

ぷくぷく、お肉

角田光代／阿川佐和子 他　41967-1

すき焼き、ステーキ、焼肉、とんかつ、焼き鳥、マンモス⁉　古今の作家たちが「肉」について筆をふるう料理エッセイアンソロジー。読めば必ず満腹感が味わえる選りすぐりの32篇。

わたしのごちそう365

寿木けい　41779-0

Twitter人気アカウント「きょうの140字ごはん」初の著書が待望の文庫化。新レシピとエッセイも加わり、生まれ変わります。シンプルで簡単なのに何度も作りたくなるレシピが詰まっています。

純喫茶コレクション

難波里奈　41864-3

純喫茶の第一人者、幻の初著書、待望の文庫化！　日々純喫茶を訪ねる難波氏が選んだ珠玉のコレクションをバージョンアップしてお届け。お気に入りのあの店、なつかしの名店がいっぱいです。

季節のうた

佐藤雅子　41291-7

「アカシアの花のおもてなし」「ぶどうのトルテ」「わが家の年こし」……家族への愛情に溢れた料理と心づくしの家事万端で、昭和の女性たちの憧れだった著者が四季折々を描いた食のエッセイ。

おばんざい　春と夏

秋山十三子　大村しげ　平山千鶴　41752-3

1960年代に新聞紙上で連載され、「おばんざい」という言葉を世に知らしめた食エッセイの名著がはじめての文庫化！　京都の食文化を語る上で、必読の書の春夏編。

おばんざい　秋と冬

秋山十三子　大村しげ　平山千鶴　41753-0

1960年代に新聞紙上で連載され、「おばんざい」という言葉を世に知らしめた食エッセイの名著がはじめての文庫化！　京都の食文化を語る上で、必読の書の秋冬編。解説＝いしいしんじ

おなかがすく話

小林カツ代　41350-1

著者が若き日に綴った、レシピ研究、買物癖、外食とのつきあい方、移り変わる食材との対話——。食への好奇心がみずみずしくきらめく、抱腹絶倒のエッセイ四十九篇に、後日談とレシピをあらたに収録。

小林カツ代のおかず道場

小林カツ代　41484-3

著者がラジオや料理教室、講演会などで語った料理の作り方の部分を選りすぐりで文章化。「調味料はピャーとはかる」「ぬるいうちにドドドド」など、独特のカツ代節とともに送るエッセイ＆レシピ74篇。

小林カツ代のきょうも食べたいおかず

小林カツ代　41608-3

塩をパラパラッとして酒をチャラチャラッとかけて、フフフフフッて五回くらいニコニコして……。まかないめしから酒の肴まで、秘伝のカツ代流レシピとコツが満載！　読むだけで美味しい、料理の実況中継。

食いしん坊な台所

ツレヅレハナコ　41707-3

楽しいときも悲しいときも、一人でも二人でも、いつも台所にいた——人気フード編集者が、自身の一番大切な居場所と料理道具などについて語った、食べること飲むこと作ることへの愛に溢れた初エッセイ。

ウー、うまい！

高峰秀子　41950-3

大食いしん坊でもあった大女優・エッセイスト高峰秀子の、国内外の食べ歩きや、うまいもの全般に関する食道楽の記録・随筆オリジナルアンソロジー。ササッとかんたんから、珍しい蛇料理、鳩料理まで。

温泉ごはん

山崎まゆみ　41954-1

いい温泉にはおいしいモノあり。1000か所以上の温泉を訪ねた著者が名湯湧く地で味わった絶品料理や名物の数々と、出会った人々との温かな交流を綴った、ぬくぬくエッセイ。読めば温泉に行きたくなる！

ロッパ食談　完全版

古川緑波　41966-4

タン・シチュウ、ハムバーグ、トンカツ、牛鍋……。「しんから、僕は、食べ物が好き」と語り、戦後日本の街をさっそうと歩きながら美食を極めた昭和の喜劇役者・ロッパさんの真骨頂食エッセイ。新装版。

魯山人の真髄

北大路魯山人　41393-8

料理、陶芸、書道、花道、絵画……さまざまな領域に個性を発揮した怪物・魯山人。生きること自体の活力を覚醒させた魅力に溢れる、文庫未収録の各種の名エッセイ。

「お釈迦さまの薬箱」を開いてみたら

太瑞知見　41816-2

お釈迦さまが定められた規律をまとめた「律蔵」に綴られている、現代の生活にも共通点が多い食べ物や健康維持などのための知恵を、僧侶かつ薬剤師という異才の著者が分かりやすくひも解く好エッセイ。

愛と情熱の山田うどん

北尾トロ／えのきどいちろう　41936-7

関東ローカル＆埼玉県民のソウルフード・山田うどんへの愛を身体に蘇らせた二人が、とことん山田を探求し続けた10年間の成果を一冊に凝縮。

もぐ∞

最果タヒ　41882-7

最果タヒが「食べる」を綴ったエッセイ集が文庫化！　「パフェはたべもののの天才」「グッバイ小籠包」「ぼくの理想はカレーかラーメン」etc.＋文庫版おまけ「最果タヒ的たべもの辞典（増補版）」収録。

早起きのブレックファースト

堀井和子　41234-4

一日をすっきりとはじめるための朝食、そのテーブルをひき立てる銀のポットやガラスの器、旅先での骨董ハンティング…大好きなものたちが日常を豊かな時間に変える極上のイラスト＆フォトエッセイ。

パリっ子の食卓

佐藤真　41699-1

読んで楽しい、作って簡単、おいしい！　ポトフ、クスクス、ニース風サラダ…フランス人のいつもの料理90皿のレシピを、洒落たエッセイとイラストで紹介。どんな星付きレストランより心と食卓が豊かに！

バタをひとさじ、玉子を3コ

石井好子　41295-5

よく食べよう、よく生きよう――元祖料理エッセイ『巴里の空の下オムレツのにおいは流れる』著者の単行本未収録作を中心とした食エッセイ集。50年代パリ仕込みのエレガンス溢れる、食いしん坊必読の一冊。

東京の空の下オムレツのにおいは流れる

石井好子　41099-9

ベストセラーとなった『巴里の空の下オムレツのにおいは流れる』の姉妹篇。大切な家族や友人との食卓、旅などについて、ユーモラスに、洒落っ気たっぷりに描く。

巴里の空の下オムレツのにおいは流れる

石井好子　41093-7

下宿先のマダムが作ったバタたっぷりのオムレツ、レビュの仕事仲間と夜食に食べた熱々のグラティネ――一九五〇年代のパリ暮らしと思い出深い料理の数々を軽やかに歌うように綴った、料理エッセイの元祖。

女ひとりの巴里ぐらし

石井好子　41116-3

キャバレー文化華やかな一九五〇年代のパリ、モンマルトルで一年間主役をはった著者の自伝的エッセイ。楽屋での芸人たちの悲喜交々、下町風情の残る街での暮らしぶりを生き生きと綴る。三島由紀夫推薦。

いつも異国の空の下

石井好子　41132-3

パリを拠点にヨーロッパ各地、米国、革命前の狂騒のキューバまで——戦後の占領下に日本を飛び出し、契約書一枚で「世界を三周」、歌い歩いた八年間の移動と闘いの日々の記録。

香港世界

山口文憲　41836-0

今は失われた、唯一無二の自由都市の姿——市場や庶民の食、象徴ともいえるスターフェリー、映画などの娯楽から死生観まで。知られざる香港の街と人を描き個人旅行者のバイブルとなった旅エッセイの名著。

世界を旅する黒猫ノロ

平松謙三　41871-1

黒猫のノロは、飼い主の平松さんと一緒に世界37カ国以上を旅行しました。ヨーロッパを中心にアフリカから中近東まで、美しい風景とノロの写真に、思わずほっこりする旅エピソードがぎっしり。

巴里ひとりある記

高峰秀子　41376-1

1951年、27歳、高峰秀子は突然パリに旅立った。女優から解放され、パリでひとり暮らし、自己を見つめる、エッセイスト誕生を告げる第一作の初文庫化。

HOSONO百景

細野晴臣　中矢俊一郎〔編〕　41564-2

沖縄、ＬＡ、ロンドン、パリ、東京、フクシマ。世界各地の人や音、訪れたことなきあこがれの楽園。記憶の糸が道しるべ、ちょっと変わった世界旅行記。新規語りおろしも入ってついに文庫化！

うつくしい列島

池澤夏樹　41644-1

富士、三陸海岸、琵琶湖、瀬戸内海、小笠原、水俣、屋久島、南鳥島……北から南まで、池澤夏樹が風光明媚な列島の名所を歩きながら思索した「日本」のかたちとは。名科学エッセイ三十六篇を収録。

果てまで走れ！　157ヵ国、自転車で地球一周15万キロの旅

小口良平　41766-0

さあ、旅に出かけよう！　157ヵ国、155,502kmという日本人歴代１位の距離を走破した著者が現地の人々と触れ合いながら、世界中を笑顔で駆け抜けた自転車旅の全てを綴った感動の冒険エッセイ。

時刻表２万キロ

宮脇俊三　47001-6

時刻表を愛読すること四十余年の著者が、寸暇を割いて東奔西走、国鉄（現ＪＲ）二百六十六線区、二万余キロ全線を乗り終えるまでの涙の物語。日本ノンフィクション賞、新評交通部門賞受賞。

終着駅へ行ってきます

宮脇俊三　41916-9

鉄路の果て・終着駅への旅路には、宮脇俊三鉄道紀行の全てが詰まっている。北は根室、南は枕崎まで、25の終着駅へ行き止まりの旅。国鉄民営化直前の鉄道風景を忘れ去られし昭和を写し出す。新装版。

汽車旅12カ月

宮脇俊三　41861-2

四季折々に鉄道旅の楽しさがある。１月から12月までその月ごとの楽しみ方を記した宮脇文学の原点である、初期『時刻表２万キロ』『最長片道切符の旅』に続く刊行の、鉄道旅のバイブル。（新装版）

終着駅

宮脇俊三　41944-2

幻の連載「終着駅」を含む、著者最後の随筆集。あらゆる鉄路を最果てまで乗り尽くした著者が注いだ鉄道愛は、果てしなくどこまでも続く。「鉄道紀行文学の父」が届ける車窓の記録。新装版。

旅の終りは個室寝台車

宮脇俊三　41899-5

「楽しい列車や車両が合理化の名のもとに消えていくのは淋しいかぎり」と記した著者。今はなき寝台特急「はやぶさ」など、鉄道嫌いの編集者を伴い、津々浦々貴重な路線をめぐった乗車記。新装版。

ローカルバスの終点へ

宮脇俊三　41703-5

鉄道のその先には、ひなびた田舎がある、そこにはローカルバスに揺られていく愉しさが。北海道から沖縄まで、地図を片手に究極の秘境へ、二十三の果ての果てへのロマン。

居酒屋道楽

太田和彦　41748-6

街を歩き、歴史と人に想いを馳せて居酒屋を巡る。隅田川をさかのぼりはしご酒、浦安で山本周五郎に浸り、幕張では椎名誠さんと一杯、横浜と法善寺横丁の夜は歌謡曲に酔いしれる——味わい深い傑作、復刊！

わたしの週末なごみ旅

岸本葉子　41168-2

著者の愛する古びたものをめぐりながら、旅や家族の記憶に分け入ったエッセイと写真の『ちょっと古びたものが好き』、柴又など、都内の楽しい週末“ゆる旅”エッセイ集、『週末ゆる散歩』の二冊を収録！

中央線をゆく、大人の町歩き

鈴木伸子　41528-4

あらゆる文化が入り交じるＪＲ中央線を各駅停車。東京駅から高尾駅まで全駅、街に隠れた歴史や鉄道名所、不思議な地形などをめぐりながら、大人ならではのぶらぶら散歩を楽しむ、町歩き案内。

山手線をゆく、大人の町歩き

鈴木伸子　41609-0

東京の中心部をぐるぐるまわる山手線を各駅停車の町歩きで全駅制覇。今も残る昭和の香り、そして最新の再開発まで、意外な魅力に気づき、町歩きの楽しさを再発見する一冊。各駅ごとに鉄道コラム掲載。